# Umgangsformen –

## nur Relikte aus früheren Zeiten?

**Schülerheft**

von Susanne Fischer

Krapp & Gutknecht

# Inhaltsverzeichnis

**Zeichenerklärung**

Diskussion, Debatte

Schreibanlass, Schreibaufgabe

Downloadmaterialien

Internetadresse

In diesem Schülerheft wird aus Gründen der besseren Lesbarkeit auf die gleichzeitige Verwendung männlicher und weiblicher Sprachformen verzichtet. Sämtliche Personenbezeichnungen gelten gleichermaßen für beiderlei Geschlecht.

Der Verlag weist ausdrücklich darauf hin, dass im Text enthaltene externe Links vom Verlag nur bis zum Zeitpunkt der Materialien-Veröffentlichung eingesehen und geprüft werden konnten. Auf spätere Veränderungen hat der Verlag keinerlei Einfluss. Eine Haftung des Verlags für die Inhalte externer Links ist ausgeschlossen.

# Über das Thema nachdenken

### Früher und heute

## „Wie war's denn? Erzähl mal!"

Die Zeiten sind längst vorbei, wo man sich nach Rückkehr aus dem Urlaub oder nach einer Hochzeit ausführlich zum Berichten und Sichten der Fotos getroffen hat. Heute hingegen nehmen wir quasi in Echtzeit an allen Erlebnissen gleichzeitig teil durch das Posten auf sozialen Netzwerken. Damit hat sich ein späteres „Wie wars denn? Erzähl mal!" bereits erledigt, man weiß ja schon alles: wie das Wetter im Urlaub war, was es zum Abendessen gab, wie die Braut aussah und wer den Brautstrauß gefangen hat.

© Dejan Mihajlović

www.visualstatements.net

www.visualstatements.net

marusya2111999/pixabay.com

**WENN DER 15-JÄHRIGE SOHN ZUR MAMA „ICH BIN GLEICH VERABREDET!" SAGT, KANN MAN HEUTZUTAGE NICHT MEHR AUTOMATISCH DAVON AUSGEHEN, DASS ER SICH ZUM FUSSBALLSPIELEN MIT DEN FREUNDEN IM GARTEN TRIFFT, SONDERN DASS ER SICH MIT SEINEN KUMPELS IM NETZ VERABREDET.**

**NICHT, WEIL ER KEINE LUST AUF SEINE KUMPELS HÄTTE, SONDERN WEIL SIE SICH JA SOWIESO ALLE AM VORMITTAG IN DER SCHULE GESEHEN HABEN.**

**STATT MITEINANDER ZU FEIERN, FOTOGRAFIERT SICH DIE VERWANDTSCHAFT LIEBER BEIM FEIERN, UM DANN DIE DIGITALEN FOTOS ZU BESTAUNEN.**

www.visualstatements.net

**GALTEN FRÜHER VERABREDUNGEN ALS GETROFFEN, SO WERDEN SIE HEUTE SCHNELL MAL KURZFRISTIG ABGESAGT.**

FRÜHER WÄRE KEINER AUF DIE IDEE GEKOMMEN, IN JOGGINGHOSEN IN DIE SCHULE ZU GEHEN.

WARUM DAS HEUTE SO ANDERS IST?

DIE JUGENDLICHEN KENNEN ES NICHT ANDERS: SIE „UNTERHALTEN“ SICH VOM SOFA AUS IN JOGGINGHOSE, WENN SIE ETWAS IN DEN SOZIALEN MEDIEN POSTEN ODER KOMMENTIEREN.

MAN MUSS SICH NICHT MEHR IN DIE AUGEN SCHAUEN, WENN MAN SICH UNTERHÄLT, WEIL MAN UNTER UMSTÄNDEN 1.000 KILOMETER DISTANZ ZWISCHEN SICH HAT.

© Götz Wiedenroth, Flensburg, www.wiedenroth-karikatur.de

natureaddict/pixabay

**➲ Aufgabe**

Kommt über die Äußerungen und Bilder ins Gespräch! Wo stimmt ihr zu, was seht ihr anders?

**Tipp**

Zeigt die Doppelseite euren Eltern und fragt sie nach ihrer Meinung! Was fällt euch auf?

**WENN DER AMERIKANISCHE PRÄSIDENT VERGISST, DER DEUTSCHEN BUNDESKANZLERIN DIE HAND ZU GEBEN, DANN SCHWINGT EIN GRAD DER ANSTANDSLOSIGKEIT MIT.**

7854/pixabay.com

**Früher war es selbstverständlich, der Frau die Tür aufzuhalten und in die Jacke zu helfen. Der junge Mann von heute tut das kaum noch. Vielleicht wollen viele Frauen im Zuge der Gleichberechtigung dieses Verhalten gar nicht mehr?!**

## „Früher war doch eh alles viel besser?!“

Haben sich unsere Umgangsformen tatsächlich so drastisch verändert?
Und wenn ja, wie? Warum glaubst du, dass viele ältere Menschen denken, dass früher angeblich alles besser war?
Sind Umgangsformen überhaupt notwendig? Handelt es sich dabei „nur“ um übernommene Traditionen? Inwiefern brauchen wir auch heute Umgangsformen?

**➲ Aufgabe**

Fasse deine Gedanken und Ideen in der Tabelle zusammen,
du kannst gerne auch die Beispiele von der Doppelseite SH 4–5 mit einbeziehen.

| Früher | Heute |
| --- | --- |
| | |
| | |
| | |
| | |
| | |
| | |
| | |
| | |
| | |
| | |

Die genannten Zitate auf der Doppelseite SH 4–5 lassen sich grob in vier Kategorien einteilen:

| | | | |
| --- | --- | --- | --- |
| Umgangsformen bei der Kommunikation | Umgangsformen im Netz | Umgangsformen in der Gesellschaft | Umgangsformen in der Schule, im Beruf und in der Familie |

➲ **Aufgaben**

1. Markiere die einzelnen Beispiele auf der Doppelseite SH 4–5 und aus deiner Tabelle jeweils mit unterschiedlichen Farben entsprechend der vier Kategorien. Was fällt dir auf?

2a. Was möchte uns @DejanFreiburg mit seinem Twitter-Post sagen (siehe SH S. 4 – Smartphone)?

2b. Benenne die dargestellten Dinge/Aktivitäten und ergänze durch eigene Beispiele!

*Das Handy ersetzt heute:*

3. Gib den Inhalt des folgenden Zitates in eigenen Worten wieder!

> ***„Die alleinige Betrachtung von Nutzungsdauern ist kein Indiz dafür, wie Teenager oder junge Erwachsene durch die Aktivitäten in sozialen Netzwerken beeinflusst werden. Genau so, wie seit Jahrzehnten in dieser Lebensphase intensiv per Brief oder Telefon kommuniziert wird, geschieht das heute über Social Media."***
>
> Philippe Wampfler: *Generation »Social Media«. Wie digitale Kommunikation Leben, Beziehungen und Lernen Jugendlicher verändert.* Vandenhoeck & Ruprecht, Göttingen 2014, S. 45f

4. An wen richtet sich die im Zitat enthaltene Kritik?

5. Was wären denn deiner Meinung nach Indizien dafür, wie junge Menschen durch die sozialen Netzwerke beeinflusst werden?

# Ein Kompendium anlegen

Ein Kompendium (lat. *compendium* = Ersparnis, abgekürzter Weg) ist eine Sammlung, die deine Texte und Materialien zum Rahmenthema „Umgangsformen – nur Relikte aus früheren Zeiten?" enthält. Im Laufe des 10. Schuljahres wird das Kompendium eingeführt und angelegt. Es wird dein Nachschlagewerk, auf das du in der Prüfung zurückgreifst, um daraus zu zitieren und deine eigenen Gedanken und Argumente sinnvoll zu ergänzen und zu belegen.

## Texte, Tabellen, Grafiken, Bilder

Das gehört in dein Kompendium:

- Karikaturen
- Statistiken, Diagramme
- Bilder
- Interviews/Befragungen von Fachleuten
- schriftliche Zusammenfassungen zu TV-Berichten, Radiosendungen oder Büchern
- Umfragen
- Worterklärungen, wichtige Begriffe
- Artikel aus Zeitschriften/Zeitungen
- Texte aus dem Internet
- Kommentierte Internet-Linkliste

Natürlich kannst du auch **Texte, Diagramme und andere Unterlagen** aus diesem Heft in dein Kompendium übernehmen, allerdings nicht deine eigenen ausformulierten Beiträge (Aufsätze, Argumentationen).

**Greife** beim Argumentieren und Schreiben auf deine ausgewerteten **Unterlagen im Kompendium** zurück. **Es wäre sonst schade um den Aufwand der intensiven Vorbereitung!** „Baue" Informationen aus Texten, Statistiken, Diagrammen und Karikaturen in die Argumente deiner Texte und deiner Gedankengänge ein.

## Tipps für die Organisation des Kompendiums

### INHALTSANGABE UND GLIEDERUNG

Eine sinnvolle Struktur deiner Materialien erleichtert die Suche nach geeigneten Zitaten und Argumenten enorm!

### REGISTER

Für eine Gliederung deiner Materialien musst du das Thema in alle seine Aspekte aufschlüsseln und dafür sinnvolle Oberbegriffe finden. Die Oberbegriffe schreibst du dann auf farbige und nummerierte Trennblätter – fertig ist dein **Register**!

Oberbegriffe zum Thema könnten zum Beispiel sein: „Umgangsformen in der Gesellschaft", „Umgangsformen an unserer Schule", ...

Wenn du im Laufe deiner Beschäftigung mit dem Thema neue Aspekte herausfindest, aktualisiere dein Register!

### ÜBERSCHRIFTEN

Beschrifte alle Seiten mit einer Überschrift – Du musst auf Anhieb sehen können, um welches Thema es geht.

### VERWENDUNGSZWECK

Gib, wenn möglich, den Verwendungszweck an und vermerke dies auf einem Protokollblatt (→ So findest du, was im Kompendium abgelegt ist – Das Protokollblatt, SH 9). Den Verwendungszweck überlegst du dir am besten bereits bei der Auswertung.

### QUELLENANGABEN

Hefte nur ausgewertetes Material mit Quellenangaben ab (→ Wie gebe ich korrekt Quellen an? SH 9).

### HALTE ERGEBNISSE FEST

Werte Schaubilder und Grafiken aus. Formuliere die auffallenden Ergebnisse.

### SORTIERE AUS

Wenn du besseres Material zu einem Gesichtspunkt des Themas gefunden hast, sortiere das schlechtere Material aus.

### LEGE EINE LISTE AN

Lege eine WANTED-Liste an mit den Themen, zu denen du noch Material brauchst.

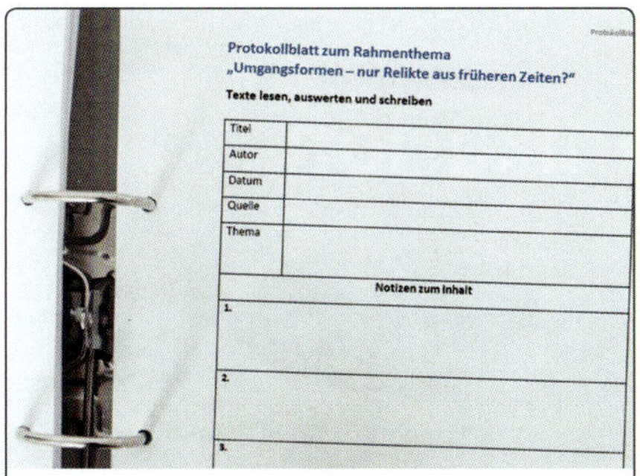


## So findest du, was im Kompendium abgelegt ist – das Protokollblatt

Die einzelnen Teile (Beiträge) bekommen nach der Bearbeitung/Auswertung ein DIN-A4-Blatt, auf dem die wesentlichen Informationen der Beiträge in einem Protokoll erfasst sind. Dann findest du schnell und sicher, was du für die jeweilige Schreibaufgabe verwenden kannst. Dieses Protokoll könnte wie oben aussehen.

Ihr findet den abgebildeten Vordruck im Downloadbereich unter:

**Protokollblatt.doc**

## Tipp TAUSCHBÖRSE

Nehmt euch ab und zu eine Viertelstunde Zeit für eine TAUSCHBÖRSE, in der ihr euch gegenseitig gute Materialien vorstellt und auch austauscht.

**Dabei gilt die Regel:** Nur wer etwas beisteuert, erhält auch etwas!

## Weitere Tipps

- Beginne frühzeitig mit der Sammlung!
- Verwende keine zu langen und komplizierten Texte!
- Suche auch bewusst nach kritischen Texten, so dass du auch Gegenargumente beleuchten kannst!
- Deine Texte im Kompendium sollten mehrfach gelesen und sinnvoll bearbeitet sein (Markieren von Textstellen und Zitaten, Notieren von Stichworten am Rand).

## Wie gebe ich korrekt Quellen an?

Achte darauf, dass deine Materialien mit Quellenangaben versehen sind, sonst kannst du sie nicht in der Prüfung/Klassenarbeit verwenden.

Es genügt, sie bei der ersten Verwendung zu zitieren.

Du kannst deine beigelegten Quellen durchnummerieren (I, II ...) und nach dem Zitieren dann nur noch diese Zahl angeben.

Klärt das Vorgehen in der Klasse ab!

**ZEITUNGSBERICHT**

Name des Autors: *Titel des Berichts.* Name der Zeitung, Datum der Ausgabe

**Beispiel:** Astrid Geisler, Karsten Polke-Majewski und Arnfried Schenk: *Wenn niemand eingreift.* DIE ZEIT, 22.02.2018

**BERICHT AUS EINER ZEITSCHRIFT**

Name des Autors: *Titel des Artikels.* In: Titel der Zeitschrift. Datum der Ausgabe, Heftnummer! Erscheinungsjahr, Seitenzahl

**Beispiel:** Hadija Haruna: *Hört das denn nie mehr auf?* In: fluter – Magazin der Bundeszentrale für politische Bildung, 20.03.2013, Ausgabe 46, 2013, S. 17-19.

**SEITENAUSZÜGE AUS EINEM BUCH**

Name des Autors: *Titel des Buches.* Verlag, Verlagsort/Jahr, Seitenzahl

**Beispiel:** Philippe Wampfler: *Generation »Social Media«: Wie digitale Kommunikation Leben, Beziehungen und Lernen Jugendlicher verändert.* Vandenhoeck & Ruprecht, Göttingen 2014, S. 66

**ETWAS AUS DEM INTERNET**

Bei Texten aus dem Internet kopiert man die URL mit und schreibt das Datum dazu, an dem sie heruntergeladen wurden: http://www.Adressenname.de/Rubrik.html (Zugriffsdatum).

**Beispiel:** https://mihajlovicfreiburg.com/2017/08/21/ein-smartphone-tag-und-mehr-als-das/ aufgerufen: 12.04.2018

# Nutze dein Kompendium! siehe S. 63

**Karikatur – das Thema UND die Aussage ansprechen:**

Die Karikatur muss kurz beschrieben werden. Dabei muss wiedergegeben werden, was sie darstellt und **WELCHES PROBLEM** sie anspricht.

*„Die Karikatur stellt dar/zeigt/beschreibt ... Der Karikaturist spricht die Tatsache an/kritisiert/weist darauf hin, dass ...“*

**Bei Diagrammen/Statistiken darf nicht nur lapidar bemerkt werden:**

*„Die von der Bundesregierung initiierte Umfrage „Lebensqualität in Deutschland“ aus dem Jahr 2015 zeigt, was Lebensqualität in Deutschland ausmacht.“*

Stattdessen müssen die **Kernaussagen in Sätzen** festgehalten werden:

*„Viele Bürgerinnen und Bürger haben auf die Bedeutung von Solidarität und Hilfsbereitschaft hingewiesen.“*

Daraus müssen **Folgerungen** gezogen werden – und **eigene Gedankengänge** unterstützt werden:

*„Dieses Beispiel zeigt, dass es den Menschen in Deutschland wichtig ist, nicht nur an sich selbst, sondern auch an andere zu denken und ihnen zu helfen. Solidarität und Hilfsbereitschaft stellen offensichtlich für viele Menschen Grundpfeiler für den gesellschaftlichen Zusammenhalt dar. Beim Thema der viel diskutierten Willkommenskultur wurde dies beispielsweise deutlich, da viele Bürgerinnen und Bürger unserer Gemeinde große Hilfsbereitschaft zeigten.“*

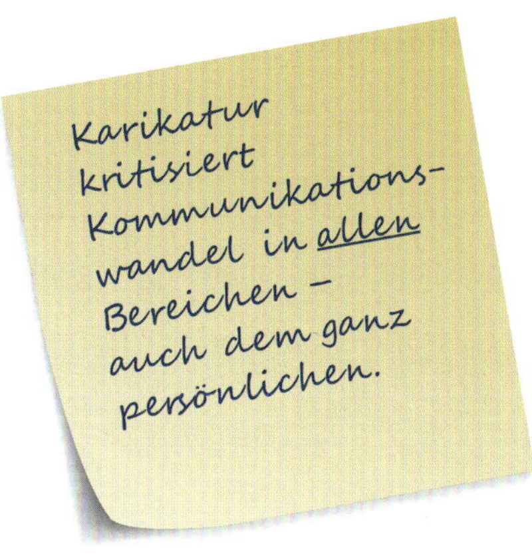

# Umgangsformen bei der Kommunikation

**„Ich unterhalte mich gerade!"**

## Gesprächskultur

© Freimut Woessner, www.-woessner.de

➲ **Frage**
Wie überbringst du Geburtstagsgrüße? Und weißt du eigentlich, wie das früher gemacht wurde, in Zeiten ohne Smartphone und Internet?

1. Beschreibe die Karikatur möglichst genau.

2. Was vermutest du, was die Frau dem Mann mitgeteilt haben könnte?

3. Auf welches (aktuelle) Problem nimmt der Karikaturist Bezug? Was kritisiert er?

4. Welcher Meinung bist du?

5. Welche konkreten Umgangsformen werden/wurden in der Karikatur missachtet?

6. Welche Gründe könnten der Tatsache zugrunde liegen, dass man Angelegenheiten lieber per Smartphone regeln möchte?

# Die Funktionen von Kommunikation

**Jeder Kommunikation liegen bestimmte Handlungen, sogenannte Sprechakte, zugrunde:**

| | |
|---|---|
| 1. Sachverhalte genau darstellen | **Darstellungsfunktion** |
| 2. Gefühle und Gedanken zum Ausdruck bringen | **Ausdrucksfunktion** |
| 3. zwischenmenschliche Beziehungen herstellen | **Beziehungsfunktion** |
| 4. sich und andere durch Sprache unterhalten | **Unterhaltungsfunktion** |
| 5. auf seine Mitmenschen einwirken | **Appellfunktion** |

➲ **Aufgaben**

1. Welche Sprechakte kommen in der Karikatur zum Ausdruck? Begründe!

2. Diese oben genannten fünf Grundfunktionen lassen sich auch auf schriftliche Äußerungen übertragen. Versuche, die folgenden WhatsApp-Äußerungen den einzelnen Sprechakten zuzuordnen.

| WhatsApp-Äußerungen | Sprechakte |
|---|---|
| *komme morgen 15:00* | Darstellungsfunktion |
| *junge mathe war so scheiße* | |
| *abffl!* | |
| *boar schreib jez endlich!* | |
| *nice gemacht!* | |
| *morgen entfällt englisch!* | |
| *vollhonk!* | |
| *sry warn fehler* | |

## Online-Kommunikation

➲ **Aufgaben**

1. Überlege für dich, was du in den letzten Tagen medial kommuniziert hast, anstatt mit jemandem persönlich zu sprechen. Drücke jetzt deine Aktivitäten in Prozentzahlen aus. Wenn ich online kommuniziere, dann
   - *tausche ich zu etwa* ________ *Prozent Informationen aus (Darstellungsfunktion)*
   - *bringe ich zu etwa* ________ *Prozent meine Gefühle zum Ausdruck (Ausdrucksfunktion)*
   - *bin ich zu etwa* ________ *Prozent in Kontakt mit meinen Freunden (Beziehungsfunktion)*
   - *versuche ich zu etwa* ________ *Prozent zu unterhalten (Unterhaltungsfunktion)*
   - *möchte ich zu etwa* ________ *Prozent meinen Kommunikationspartner zu etwas bewegen (Appellfunktion)*

100 %

2. Vergleicht eure Ergebnisse.
3. Fasse nun für dich persönlich zusammen: *Wenn ich online kommuniziere, dann möchte ich vor allem*

**Die oben genannten fünf Grundfunktionen lassen sich auch auf die Online-Kommunikation übertragen: Jede Art der Kommunikation – ob analog oder digital – bedient sich der Sprechakte!**

4. Welche Funktionen hat die menschliche Sprache?

5. Inwiefern dienen Medien der Verbesserung der Kommunikation? Was geht umgekehrt verloren?

## Grundphänomene in zwischenmenschlichen Beziehungen

**➲ Aufgaben**

Ergänze mit Beispielen!

1. Beobachtbare Merkmale bei der Kommunikation:

______________________________________

______________________________________

2. Nicht beobachtbare Merkmale bei der Kommunikation:

______________________________________

______________________________________

**Ich unterhalte mich gerade!**

Es ist noch gar nicht lange her, da haben die Eltern überhaupt nicht viel mit ihren Kindern geredet. Bis vor ca. 50 Jahren war es zum Beispiel ganz normal, dass es einen extra Kindertisch gab mit eigenen Gesprächen. Bis vor 100 Jahren musste man die eigenen Eltern sogar siezen!

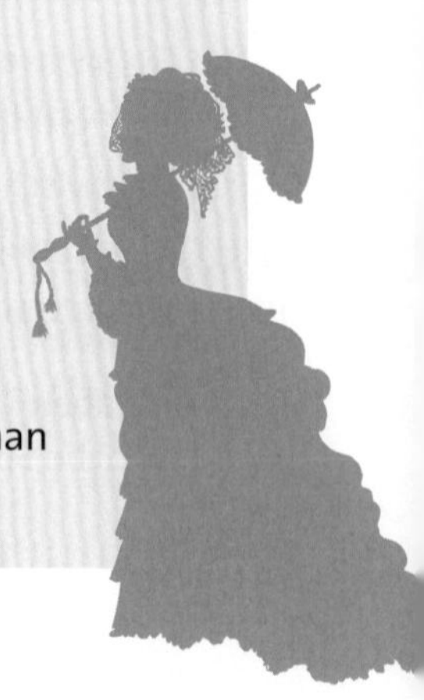

# Die Digital Natives verändern die Welt

**Als *Digital Natives* (digitale Eingeborene) werden Menschen bezeichnet, die mit den digitalen Technologien (Computer, Internet, Handy/Smartphone) aufgewachsen sind. Als Gegenstück wird der Begriff *Digital Immigrants* (digitaler Einwanderer) benutzt. Er steht für Menschen, die diese Dinge erst im Erwachsenenalter kennengelernt haben, also die 1980 und später Geborenen.[1]**

**Da die Digital Natives seit ihrer Geburt in der digitalen Welt leben und sich auskennen, müssen die Digital Immigrants die digitale Welt als „Einwanderer" erst kennen lernen.**

***„Ob die in der jungen Bevölkerung deutlich abweichenden, mit dem Internet verknüpften Kommunikationsgewohnheiten ein altersgebundenes Jugendphänomen sind, aus dem die jetzt junge Generation wieder ‚herauswachsen' wird, oder ob es sich um Vorboten einer sich in der Gesellschaft generell ändernden Kommunikationskultur handelt, lässt sich zum gegenwärtigen Zeitpunkt kaum abschließend beantworten."[2]***

**➲ Frage**

Das Zitat stammt aus einer Umfrage des Instituts für Demoskopie Allensbach aus dem Jahre 2010. Wie sieht es nun, fast 10 Jahre später, aus? Hat sich unsere Kommunikationskultur generell geändert? Inwiefern?

______________________________________

______________________________________

______________________________________

______________________________________

______________________________________

Wir leben in einer Gesellschaft, in der medial so viel kommuniziert wird wie niemals zuvor. Das wichtigste Motiv der Internetnutzung ist für Jugendliche definitiv die Kommunikation mit anderen. Die Möglichkeiten uns mitzuteilen erscheinen dabei schier unbegrenzt: Jederzeit und überall sind wir erreichbar. Mit nur einem Klick geben wir den Leuten unmittelbar Zugang zu unserem Leben oder loggen sie auch ganz schnell wieder aus - unverbindlich und manchmal sogar anonym.

Unsere Kommunikationswege verkürzen sich dabei immer mehr: Aus einem Telefonat wurde eine SMS – aus einer SMS eine WhatsApp-Nachricht. Manchmal reicht sogar ein Emoji oder ein Smiley. Hauptsache kurz und schnell. Können wir ein einzelnes Zeichen – sprich unendliche Interpretationsmöglichkeiten – mit einer persönlichen, geschriebenen Nachricht gleichsetzen? Verlieren wir dadurch nicht immer mehr die Fähigkeit, unsere Gefühle mit eigenen Worten auszudrücken?

In der virtuellen Kommunikation fehlt uns die unmittelbare emotionale Reaktion des Gegenübers. Man hat keine Möglichkeit, auf Mimik und Gestik zu achten, durch die im normalen Gespräch wichtige Signale und Zwischentöne ausgesendet werden. Man sieht, hört und riecht den anderen nicht. Man kann nicht wahrnehmen, ob jemand sich nur ärgert oder tatsächlich betroffen ist.

Wie soll man lernen, dass es eine Beziehungs- und Streitkultur gibt, wenn man sich aus dem Chat jederzeit ausloggen kann? „Echte" Beziehungen sind anstrengender und komplizierter, weil man auf seinen realen Gesprächspartner Rücksicht nehmen muss. Man braucht zumindest einen gewissen Grad an Empathie, um ein Gefühl für die Emotionen des anderen zu bekommen – wie die zu Beginn des Kapitels vorgestellte Karikatur verdeutlichen möchte.

1 https://de.wikipedia.org/wiki/Digital_Native (aufgerufen am 20.06.2018)

2 https://www.ifd-allensbach.de/uploads/tx_studies/7490_Gespraechskultur.pdf: Gesprächskultur 2.0: Wie die digitale Welt unser Kommunikationsverhalten verändert. Ergebnisse einer bevölkerungsrepräsentativen Studie zur Nutzung und Bewertung von Online-Kommunikation. S. 39 (aufgerufen am 26.07.2018)

## Permanently online, permanently connected

Wir leben in einer Zeit, in der eine ständige Internetverbindung den Mitmenschen eine dauerhafte Erreichbarkeit suggeriert, die inzwischen auch im Alltag eingefordert wird: *permanently online, permanently connected,* der sogenannte **POPC-Modus.**

***„Das Leben im POPC-Modus (permanently online, permanently connected) birgt zugleich Chancen und Risiken, für uns persönlich und die Gestaltung unserer Gesellschaft.“*** [3]

➲ **Fragen**

1. Inwiefern bereichert der *POPC-Modus* deinen Lebensalltag (Chancen)?
2. Welche Risiken bringt der *POPC-Modus* mit sich?

| **Chancen** | **Risiken** |
| --- | --- |
| | |

3. Nenne Beispiele zu den einzelnen Chancen und Risiken:

___

___

___

___

___

***„Technologie bringt in der Reflexion immer auch eine bestimmte Nostalgie mit sich: Alle Menschen wünschen sich intensiven Blickkontakt mit interessanten Menschen oder Körperkontakt in der richtigen Situation mit den richtigen Personen. Zu denken, ohne Smartphones hätten sie all das, ist verführerisch, aber wohl nicht ganz zutreffend.“*** [4]

Philippe Wampfler

➲ **Frage**

Worauf möchte der Autor dieses Zitats hinaus?

___

___

3 Peter Vorderer und Christoph Klimmt: *Das neue Normal.* DIE ZEIT, 28.01.2016. http://www.zeit.de/2016/05/online-kommunikation-leben-alltag-auswirkungen
4 Philippe Wampfler: *Generation »Social Media«. Wie digitale Kommunikation Leben, Beziehungen und Lernen Jugendlicher verändert.* Vandenhoeck & Ruprecht, Göttingen 2014, S. 66

**Wesentliche Merkmale im Umgang miteinander verändern sich durch die Möglichkeiten der digitalen Kommunikation.**

# Kommunikationsverhalten im Web 2.0[1]

➲ **Aufgabe**
Kreuze an und vergleiche deine Ergebnisse mit denen deiner Mitschüler. Diskutiert hinterher darüber. Was fällt euch auf?

Die Digitalisierung bringt sowohl Chancen als auch Einschränkungen bei der zwischenmenschlichen Kommunikation mit sich.

➲ **Aufgabe**
Fülle die Tabelle aus.

| | **eher *online* oder *offline*?** | |
|---|---|---|
| Verabredungen | | |
| Terminvereinbarungen | | |
| Moment-Aufnahmen: Was man gerade macht und wie es einem geht | | |
| Wochenenderlebnisse | | |
| Schule, Ausbildung, Beruf | | |
| News aus dem Freundeskreis | | |
| News aus der Familie | | |
| News aus der Schule | | |
| Sachen, die schön sind/waren | | |
| Sachen, von denen du genervt bist/warst | | |
| Pläne für den nächsten Tag/die nächsten Tage | | |
| Hobbys | | |
| Urlaub/Reisen | | |
| Kino | | |
| Mode | | |
| Sport | | |
| Musik | | |
| Promis/Vorbilder | | |
| Smartphones | | |
| Partnerschaft/Beziehung | | |
| Aktuelle Tagesnews aus Politik, Sport und Kultur | | |
| Lokale News | | |

**Online-Kommunikation**

| **Chancen** | **Einschränkungen** |
|---|---|
| | |

1 Web 2.0: 2.0 steht für das Web der „zweiten Generation" und wurde vor ca. 15 Jahren eingeführt. Im Gegensatz zum Web der „ersten Generation" nimmt der Nutzer im Web 2.0 aktiv an der Gestaltung teil, indem er Inhalte beisteuert, Videos hochlädt, postet usw.

## Umgangsformen mit modernen Kommunikationsmedien

➲ **Fragen**

Unterhaltet euch in eurer Gruppe über die folgenden Fragen zum Thema *Umgang mit dem Smartphone/den modernen Medien*. Begründet euer Ergebnis.

1. Dürfen Eltern nachschauen, was ihre Kinder alles auf dem Handy haben?

2. Darf/soll man eine Beziehung per WhatsApp beenden?

3. Darf man (harmlose) Fotos von Freunden auf sozialen Netzwerken hochladen?

4. Dürfen Kinder beim Abendessen mit der Familie das Smartphone eingeschaltet auf den Tisch legen und Anrufe entgegennehmen oder WhatsApp-Nachrichten schreiben?

5. Dürfen die Eltern beim Familienabendessen das Smartphone eingeschaltet auf den Tisch legen und Anrufe entgegennehmen oder Nachrichten schreiben?

6. Darf man sich in sozialen Netzwerken als eine andere Person ausgeben?

**Im Downloadbereich**

1. Dejan Mihajlovic: *Kommunikation im (digitalen) Wandel* **Digitaler_Wandel.doc**
2. Klaus Wolschner: *Kommunikation kreiert Wirklichkeitsbewusstsein* **Wirklichkeitsbewusstsein.doc**

**Jugendsprache in sozialen Netzwerken**

# „Was ist das für 1 Life?"

Jugendsprache ist die Umgangssprache, die von Jugendlichen verwendet wird, um sich von Eltern und Lehrern abzugrenzen und um die Dazugehörigkeit zur eigenen Generation auszudrücken. Der jugendliche Sprachstil unterstützt das Ausprobieren neuer Rollen und damit den Prozess der Identitätsfindung. Jugendsprache verändert sich im Laufe der Zeit. Was die eine Generation „geil" oder „endkrass" fand, ist für die andere Generation „awww" oder „lol". Typische Kennzeichen von Jugendsprache sind übertriebene Gefühlsausdrücke und provozierende Wendungen und Wortspiele (z. B. „Sozialtoter": nicht in sozialen Netzwerken angemeldet), aber auch Wortverkürzungen und Anglizismen (z. B. „napflixen": ein Nickerchen machen und dabei einen Film laufen lassen).

Normalerweise wird Jugendsprache vor allem gesprochen. In digitalen Mitteilungen wie WhatsApp oder beim Bloggen hat sich jedoch auch eine geschriebene Sprache entwickelt, die sich besonders durch Abkürzungen auszeichnet. Einige Wörter aus dem digitalen Leben werden mit der Zeit auch von der älteren Generation übernommen und dadurch in die Standardsprache integriert. So verändert sich Sprache und das hat sie immer schon getan. Nicht, weil die Jugend oder das Internet sie „verhunzen", sondern weil die Sprache ihren ersten Zweck in der

Kommunikation zwischen Menschen hat. Sprache ist nicht das, was Regeln und Normen den Menschen vorschreiben. Sprache ist das, was Menschen verwenden. „Die Sprache auf den Schulhöfen verroht immer mehr", behaupten viele. Tatsächlich haben Schulen einen erheblichen Einfluss auf den Umgang mit Sprache. Es ist mit die Aufgabe von Schule, Jugendliche auf ihren falschen Sprachgebrauch hinzuweisen oder eine Gesprächskultur zu etablieren und zu fördern, die von Respekt geprägt ist. Tatsache ist aber auch, dass Kinder und Jugendliche nur die Sprache gebrauchen, die sie gelernt haben: zu Hause in der Familie, auf der Straße, auf dem Schulhof – und nicht zuletzt in den Medien und hierbei vor allem auch in den Foren, die sie lesen. Durch Sprache und Wortwahl können Menschen verletzt und gedemütigt werden. Daher sollte jede Form der Interaktion und Kommunikation durch einen wertschätzenden Umgang geprägt sein. Letztendlich spiegelt die Sprache ein Stück weit die eigene Gesellschaft wider.

**Smartphones**

## „Wie die Embryos an der Nabelschnur"[1]

Stelle dir folgende Situation vor: **Der Akku deines Smartphones zeigt 10 %.** Wie reagierst du?

☐ es ist mir egal

☐ ich bleibe entspannt, da ich meine Powerbank ohnehin immer griffbereit habe

☐ ich werde nervös und überlege, wo ich auf die Schnelle eine Steckdose/ein Ladegerät herbekomme

☐ das würde mir nie passieren, weil ich unter 100%-Akku gar nicht rausgehe

Fakt ist: Auf der Welt gibt es inzwischen mehr Handys als Zahnbürsten und täglich werden doppelt so viele Mobiltelefone verkauft wie Babys geboren.[2]

Man kennt es von sich selber. Manch einer greift ja schon reflexartig zum Smartphone, wenn sich eine Wartezeit ankündigt, sei es an der Bushaltestelle, im Wartezimmer des Arztes oder auf der heimischen Couch in der Werbepause.

**Das Halten an der Ampel haben Handyaner längst zum Checkpoint für Kurznachrichten und zur Gelegenheit zum Quickresponse umfunktioniert.[3]**

Achtzehnmal am Tag entsperrt der durchschnittliche Handynutzer sein Smartphone, nur um nach der Uhrzeit zu sehen, zweiundzwanzigmal, um zu telefonieren, und dreiundzwanzigmal, um seine Nachrichten zu checken.[4]

Wer ständig auf sein Smartphone starrt, bekommt mitunter zu hören, ein *„Smombie"* zu sein (Jugendwort des Jahres 2015: Kofferwort aus den Worten *„Smartphone"* und *„Zombie"*). Wer in Gesprächen lieber mit dem Smartphone interagiert als mit seinem Gegenüber, der leidet unter *„Phubbing"* (Kofferwort aus den Worten *„phone"* und *„snubbing"* = brüskieren/entwerten). Wissenschaftler der Baylor University in Texas haben festgestellt, dass 70 Prozent der Menschen im Beisein ihres Partners Phubbing betreiben.

**Woher kommt eigentlich unsere Sehnsucht nach Vernetzung?**

Vernetzungsmedien geben uns ein einfaches, aber hochattraktives, ja unwiderstehliches Versprechen: Du bist nicht allein.[5]

Fakt ist: Niemand ist gerne allein. Der Mensch ist ein soziales Wesen und hat das Bedürfnis nach Bindung, Gemeinschaft und Geborgenheit. Die sozialen Medien vermitteln manchen Menschen tatsächlich das Gefühl von Sicher- und Geborgenheit.

Wenn Menschen an den (inzwischen unsichtbaren) Telefonkabeln hängen wie Babys an der Nabelschnur, so ist dies im wahrsten Sinne des Wortes psychologisch, also eine logische Konsequenz der seelischen Bedürfnisse.

Wer denkt, alle würden nur aus Spaß am Handy hängen, der missversteht die Tragweite der gesamten Thematik. Wer den Ursprung unserer Vernetzungs(sehn)sucht verstehen will, der darf nicht nur den reinen Fun- und Unterhaltungsfaktor von Smartphones sehen. Die dahinterstehende Sehnsucht könnte tiefgreifender nicht sein: Virtuelle Netze ersetzen in der Moderne verlorengegangene soziale Netze wie die (Groß-)familie bzw. die Sippe oder die Glaubensgemeinde.[6]

1 www.springer.com/Otto, D.: *Digital Detox: Wie Sie entspannt mit Handy & Co. leben.* 2016
2 ebd.
3 Hermann Strasser: *Nicht ohne mein Handy.* WELT, 30.12.2008
4 Quelle: www.springer.com/Otto, D.: *Digital Detox: Wie Sie entspannt mit Handy & Co. leben.* 2016
5 ebd.
6 ebd.

**Umgang mit Smartphones – weniger online = mehr Leben?**
*„Der richtige Umgang mit dem Mobiltelefon wird unsere Kinder in Zukunft mehr beschäftigen als die Frage, ob man den Fisch mit dem Messer schneiden darf oder nicht.“*, so Andy Warhol (amerikanischer Künstler, Filmemacher und Verleger, 1928–1987) bereits vor vielen Jahren. Und er sollte Recht behalten. Problematisch wird es, wenn wir das Gefühl bekommen, nicht mehr ohne unser Smartphone sein zu können.

Von *Digital detox*[7] (= digitale Entgiftung) ist immer wieder die Rede. Solche Maßnahmen seien unnötig, wenn man es mit der Kommunikation halte wie mit der Ernährung, meint Philippe Wampfler: *„Wer ausgewogene und gesunde Nahrung zu sich nimmt, muss nicht fasten.“*[8]

Ein gesunder Umgang mit dem Smartphone muss Kindern und Jugendlichen gelehrt werden.

**➲ Aufgaben**
**„Weniger online bedeutet mehr Leben“**
1. Schreibe zu dieser Aussage eine begründete Stellungnahme!

**Umgang mit dem Smartphone** (siehe auch Karikatur im SH auf S. 5)
2. Welche Benimmregeln erfordert das Smartphone?

3. Benimmregeln im Zusammenhang mit dem Handy gehen immer in zwei Richtungen. Erkläre!

a. Wertschätzung der Kommunikationspartner:

b. Wertschätzung der Umgebung:

4. Wie viel Smartphone sollte erlaubt sein? Gibt es sinnvolle Regeln dafür?
Tauscht euch in Kleingruppen darüber aus und erstellt eine Smartphone-Etikette (siehe auch SH S. 25 – Etikette).

## Schule = handyfreie Zone?

Während Frankreich „die Notbremse zieht“ und Smartphones wegen ihres Ablenkungspotentials aus dem Unterricht verbannen möchte, wird in Deutschland der entgegengesetzte Weg diskutiert. Zur Zeit gelten in jedem der 16 deutschen Bundesländer eigene Regelungen. In Frankreich sollen auf Anordnung von Präsident Macron ab September 2018 sämtliche Schulen handyfrei werden.

**➲ Fragen**
Ist es überhaupt noch zeitgemäß, das Smartphone aus dem Schulleben zu verbannen? Wie sieht es an eurer Schule aus? Was wäre euer Wunsch?

**Online-Recherche**
Recherchiert, wie es in anderen europäischen Ländern mit der Benutzung von Handys in der Schule aussieht!

7 Digital detox bedeutet so viel wie „digitale Entgiftung“ und ist eine Gegenbewegung zur Digitalisierung: Die Menschen sollen dazu angehalten werden, das Smartphone bewusst aus der Hand zu legen, um sich vom „digitalen Gift“ zu befreien.
8 https://schulesocialmedia.com/2018/03/12/digitalpositivity/

## Ein Smartphone-Tag und mehr als das[1]

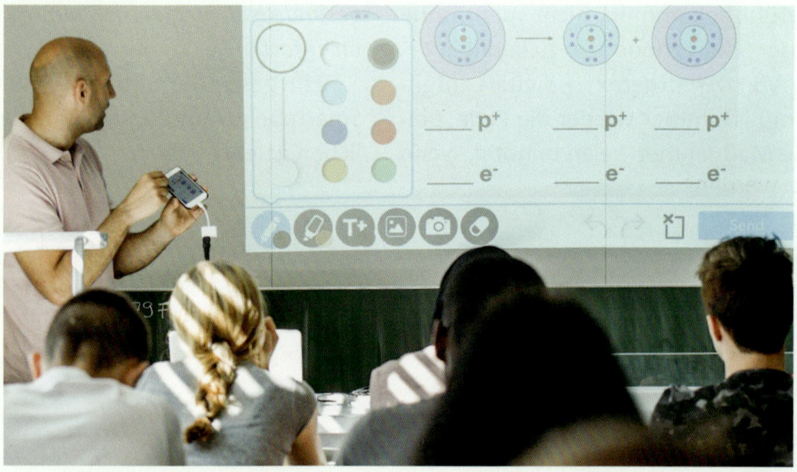


*Foto: Daniel Schoenen*

An unserer Schule kamen einen Tag lang in jeder Schulstunde und jedem Fach die Smartphones aller Schülerinnen und Schüler im Unterricht zum Einsatz. Die Idee des Smartphone-Tages stammte von einem Schüler, der sie gepostet und über 50 % aller Schülerinnen und Schüler dafür gewinnen konnte. Deshalb wurde mit der Schulleitung ein Termin für die Durchführung und ein Planungstreffen vereinbart, an dem jeweils drei Vertreterinnen und Vertreter der Schülerschaft und des Kollegiums teilnahmen. Es mussten nämlich die konkreten Erwartungen der Klassen geklärt und die Möglichkeiten der Umsetzung besprochen werden. Was so einfach klingt, steht für viel Vorarbeit im Bereich der Schülermitverantwortung (SMV) bzw. der Schülervertretung (SV). Dass man zielführend die Umsetzung solcher Ideen in diesem Rahmen diskutieren kann, setzt gegenseitiges Vertrauen, Offenheit und die Bereitschaft aller Beteiligten voraus.

*Dejan Mihajlović*
*Lehrer an einer Realschule in Freiburg*

**Tipp**

Wäre so ein Smartphone-Tag auch etwas für eure Schule? Diskutiert!

# WhatsApp – Was geht ab?

### Smartphone- und Tabletnutzung deutlich gestiegen

Welche der folgenden Geräte nutzt du zumindest ab und zu?

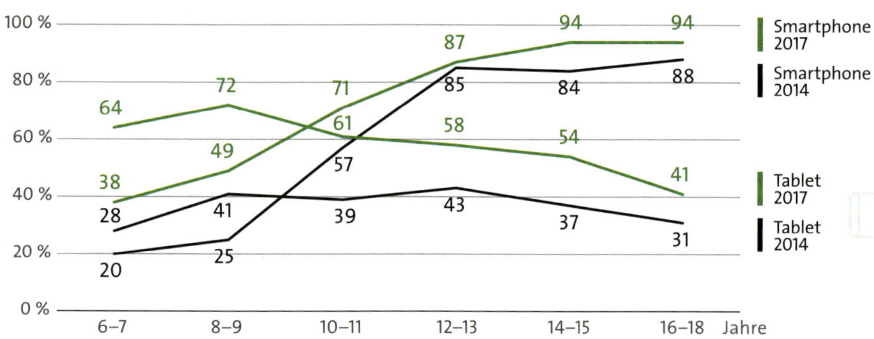


Basis: 6- bis 18-Jährige | n = 926 | Mehrfachnennungen möglich Quelle: Bitkom Research

### WhatsApp und YouTube unter Teenies am beliebtesten

Welche sozialen Netzwerke bzw. Messenger nutzt du?

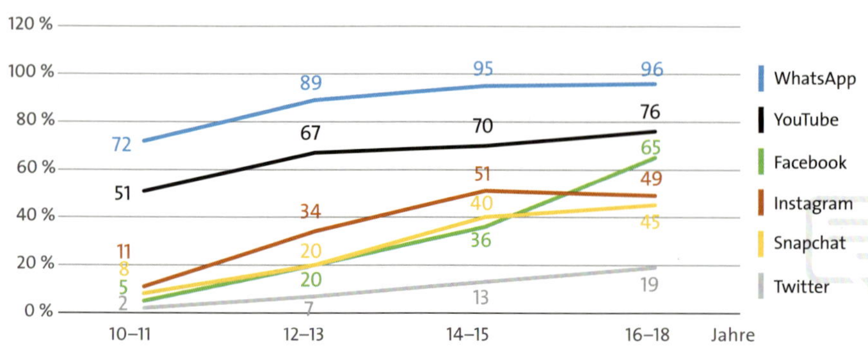


Basis: 10- bis 18-Jährige | n = 646 | Mehrfachnennungen möglich Quelle: Bitkom Research

**Die Bitkom-Studie 2017 ist nachzulesen unter:**

https://www.bitkom.org/Presse/Anhaenge-an-PIs/2017/05-Mai/170512-Bitkom-PK-Kinder-und-Jugend-2017.pdf

1 https://mihajlovicfreiburg.com/tag/smartphones/ (aufgerufen am 26.07.2018)
https://mihajlovicfreiburg.com (aufgerufen am 26.07.2018)

**Aufgaben**

Wie die Bitkom-Studie „Kinder und Jugend in der digitalen Welt“ zeigt, ist WhatsApp unter den Jugendlichen am beliebtesten.

1. Startet eine eigene Umfrage zur WhatsApp-Nutzung in eurer Klasse.
   Die Anzahl empfangener und gesendeter WhatsApp-Nachrichten kann ganz einfach nachgeschaut werden:
   WhatsApp → Einstellungen → Daten- und Speichernutzung → Netzwerk-Nutzung

2. Diskutiert:
   a. Welche Schlüsse können daraus gezogen werden?
   b. Führt WhatsApp zu einer Verwahrlosung der Sprache?

Axel Hacke (geb. 1956) ist Schriftsteller und Kolumnist und u. a. für seine klugen und auch amüsanten Kolumnen *„Das Beste aus aller Welt“* in der Süddeutschen Zeitung bekannt. Mit dem Buch *„Über den Anstand in schwierigen Zeiten und die Frage, wie wir miteinander umgehen“* gelang ihm im August 2017 ein Bestseller.

3. Verfasse einen kurzen Online-Kommentar, in dem du das Zitat Axel Hackes kommentierst.

***„Unser ganzes Leben hat etwas Unwirkliches bekommen. Menschen […] kann man dabei beobachten, wie sie […] in kleine Geräte starren oder wie sie mit Menschen sprechen, die nicht anwesend sind, oder aus Stöpseln hören, was sonst niemand hier und jetzt hört. Sie sind hier und doch woanders, und während sie woanders sind, betreten sie hier die Straße und, tja, so werden sie von einem Auto auf das Schlimmste daran erinnert, dass wahres Leben und der wirkliche Tod immer noch hier stattfinden.“[1]***

*Axel Hacke über seinen Facebook-Account*

**Was heißt hier Anstand?**

Einen Bericht von David Gern (ARD ttt – titel, thesen, temperamente) über Axel Hackes Buch findet ihr in unserem Downloadbereich.[2]

**Anstand.doc**

**„Geben Sie Ihren Familienmitgliedern Bescheid, wenn das Abendessen fertig ist, fragen Sie jemanden um Hilfe mit dem Haushalt oder erinnern Sie die Kinder daran, ins Bett zu gehen – ohne rufen zu müssen.“[3] So wirbt Amazon auf seiner Homepage mit seiner Alexa.**

## #FragAlexa – Alexa, wir müssen reden!

**Alexa – wer?** Alexa ist der Name von Amazons künstlicher Intelligenz. Ähnlich wie Apples Siri kann sie mit dem Nutzer kommunizieren. Verbaut ist sie in Amazons Echo und Echo Dot (Dot ist der kleine Bruder, der aussieht wie ein Puck). Echo ist eine mit dem Internet verbundene Lautsprecherbox in der Größe einer Chipsdose, die man per Sprachsteuerung bedient – und die auf Befehl Musik spielen, die Nachrichten vorlesen, ein Taxi rufen, das Licht ausstellen und Produkte bei Amazon bestellen kann. Der Echo springt an, wenn das Codewort „Alexa“ (oder alternativ „Amazon“, „Echo“ oder „Computer“) genannt wird.

**Alexa – der digitale Zeuge!** Alle Sprachbefehle, die ein Nutzer nach der Ansprache „Alexa“ an den ständig auf sein Aktivierungskommando lauschenden Lautsprecher richtet, werden auf Amazon-Servern gespeichert und verarbeitet. Außerdem speichert Amazon nicht nur die Sprachbefehle. Auch Einkauflisten, Kalendereinträge oder Musikwünsche werden gesichert.

**Alexa allein zu Haus** – Ein junger Mann aus Hamburg möchte abends entspannt feiern gehen und lässt Alexa alleine in seiner Wohnung zurück. Das Gerät verursacht zwischen 01:50 und 03:00 Uhr morgens einen so großen Musik-Lärm, dass Nachbarn die Polizei alarmieren und diese schließlich anrückt und die Wohnungstür mit Hilfe eines gerufenen Schlüsseldienstes aufbricht.[4]

(Fortsetzung auf der nächsten Seite)

1 https://sz-magazin.sueddeutsche.de/das-beste-aus-aller-welt/echt-jetzt-83837 (aufgerufen am 26.07.2018)
2 ARD ttt – titel, thesen temperamente (vom 10.12.2017, 23.05h) http://www.ardmediathek.de/tv/ttt-titel-thesen-temperamente/Was-hei%C3%9Ft-hier-Anstand/Das-Erste/Video?bcastId=431902&documentId=48296208
3 https://www.amazon.de/Amazon-Echo-2nd-Generation-Anthrazit-Stoff-/dp/B06ZXQV6P8 (aufgerufen am 26.07.2018)
4 https://motherboard.vice.com/de/article/a37ngk/alexa-allein-zuhaus-amazons-lautsprecher-feiert-so-laut-dass-polizei-anruckt (aufgerufen am 10.07.2018)

Die Bundesbeauftragte für den Datenschutz und die Informationsfreiheit Andrea Voßhoff warnt: *„Intelligente Sprachassistenten, die ihre Umgebung ständig belauschen, sind aus Sicht des Datenschutzes kritisch zu bewerten."*

Es stellt sich zum Beispiel unter anderem die Frage, ob durch Alexa auch deutlich wird, wann wir zuhause sind und wann nicht. Bei Recherchen dazu im Internet stößt man auf einen Artikel über einen Mordfall in den USA, bei dem im Zuge der gerichtlichen Untersuchungen in der Wohnung des potentiellen Täters ein Amazon Echo beschlagnahmt wurde, in der Hoffnung, dass es Sätze oder Satzbruchstücke aufgenommen haben könnte. Mit einer App lässt sich zwar überprüfen, was Alexa aufgezeichnet hat, dennoch rät Voßhoff den Benutzern, sorgsam abzuwägen, *„ob die praktischen Vorteile eines digitalen Assistenten, die mögliche Rund-um-die-Uhr-Überwachung ihrer Privatsphäre rechtfertigt".*[6]

**„Intelligente Sprachassistenten, die ihre Umgebung ständig belauschen, sind aus Sicht des Datenschutzes kritisch zu bewerten."[5]**

**Alexas Zukunft –** Amazon beschäftigt derzeit über 5.000 Mitarbeiter allein für Alexa. Rafal Kuklinski, Standortleiter eines Amazon Entwicklungszentrums, wagt einen Blick in die Zukunft: *„Wir arbeiten daran, künftig auch Emotionen zu verstehen."*[7] Einerseits soll Alexa die Emotionen des menschlichen Gesprächspartners besser interpretieren, andererseits soll die Computerstimme künftig imstande sein, den richtigen Ton anzuschlagen, wenn sie in den Nachrichten erst einen Sieg der deutschen Fußball-Nationalmannschaft verkündet und anschließend von einer Naturkatastrophe berichten muss.

Der Blick in die Zukunft Alexas bleibt spannend. Wird Alexa es schaffen, zukünftig in jeden Haushalt einzuziehen, so wie einst Spülmaschine, schnurloses Telefon und elektrische Zahnbürste?

**Alexa, take command!** (engl: *„Alexa, übernimm das Kommando!"*)
Die auf den ersten Blick faszinierende Technologie der intelligenten Sprachassistenten führt zu ungeahnten Problemen: Einem sechsjährigen Mädchen aus Texas wurde vor Kurzem beim Spielen langweilig und so bat es Alexa ein Puppenhaus zu bestellen. Daraufhin bestellte Alexa tatsächlich ein Spielzeughaus im Wert von 170 Dollar. Ein TV-Sender, der die Geschichte aufgriff, machte alles nur noch schlimmer: in seiner Moderation wiederholte der Moderator die Worte des Kindes, was zur Folge hatte, dass mehrere Alexas neben den TV-Geräten der Zuschauer ebenfalls Puppenhäuser orderten.[8]

➲ **Umfrage in eurer Klasse:** Assistenten wie Alexa & Co. sind für mich ...

- ☐ die Zukunft: Ich will unbedingt selbst einen besitzen!
- ☐ grundsätzlich interessant, aber noch nicht ausgereift genug. Ich warte lieber noch ein bisschen ab.
- ☐ der Horror schlechthin. Wer stellt sich freiwillig eine Wanze ins Wohnzimmer?
- ☐ Diese Technologie interessiert mich allgemein nicht.

**Manieren und Höflichkeit – Fehlanzeige! Alexa und Umgangsformen? – Kommentare zu Alexa & Co.**

Ein „Bitte" anzufügen, ist in der Kommunikation mit einer Maschine doch völlig überflüssig. Wir drücken im Fahrstuhl ja auch nur auf den Knopf, ohne ihn extra um Beförderung zu bitten.

Es gibt kein „Hallo" und kein „Bitte – Danke". Wenn ich von Alexa etwas möchte, dann sage ich es einfach.

Ist es das, was wir unserer nachfolgenden Generation mitgeben möchten? Dass man mit Menschen höflich umgehen muss, mit Sprachassistenten, die wie Menschen klingen, hingegen nicht?

Warum sind eigentlich so gut wie alle Stimmen von Sprachassistenten weiblich? Kinder lernen, dass man Frauenstimmen grundsätzlich herumkommandieren kann. Brechen im Bereich der intelligenten Technik nicht genau die Klischees und Rollenbilder durch, die wir im Zuge der Gleichberechtigung schon längst hinter uns lassen wollten?

Wir verführen unsere Kinder dazu, sämtliche Formen sozialer Interaktionen auf ein Minimum zu reduzieren, indem wir Alexa Befehle zuwerfen fernab von Mimik, Gestik und Orthographie – und noch schlimmer: fernab von Anstand, Höflichkeit und Respekt!

5 https://www.computerbase.de/2016-10/amazon-echo-datenschutz-kontrollverlust/ (aufgerufen am 26.07.2018)
6 ebd.
7 https://www.bananenrepublik.org/2017/01/13/so-lernte-amazons-alexa-in-polen-deutsch-sprechen/ (aufgerufen am 26.07.2018)
8 nach: https://www.tagesspiegel.de/medien/aufwachsen-mit-dem-sprachassistenten-alexa-tyrannisiert-amerika/19570640.html (aufgerufen am 26.07.2018)

## Aufgaben

1. Welche Probleme bringen künstliche Intelligenzen mit sich?

2. Diskutiert: Wird Alexa es schaffen, zukünftig in jeden Haushalt einzuziehen, so wie einst Spülmaschine, schnurloses Telefon und elektrische Zahnbürste?

3. Diskutiert: Die Zukunft der künstlichen Intelligenz, ein extrem cleverer Weg, Produkte und Dienste zu verkaufen – oder das endgültige Ende der Privatsphäre?

   Notiere in der Tabelle Pro-/Contra-Argumente. Beziehe auch die Berichte, Meldungen und Kommentare von SH S. 19–20 mit ein.

**Tipp**

Im Downloadbereich findet ihr weitere Themen zum Diskutieren und Debattieren:
**Themenpool_Diskutieren.pdf**

| **Pro Alexa** – die praktischen Vorteile | **Contra Alexa** – die Nachteile |
| --- | --- |
| | |
| | |
| | |
| | |
| | |
| | |
| | |

### SCHREIBANLASS 1
### FORUM-KOMMENTAR

***Sprachassistenten sind weltweit im Kommen, doch Kritiker beklagen, dass Alexa & Co. einen schlechten Einfluss auf Kinder haben können.***

Nimm zu dieser Aussage Stellung in Form eines Forum-Kommentars.

### SCHREIBANLASS 2
### BLOGBEITRAG

**Smartphone bei Konzerten: No-phone-zone?**

In unserem Downloadbereich ist zu diesem Thema ein Schreibanlass abgespeichert. Hilfe findest du im SH S. 59–62.

# Umgangsformen im Netz

#DigitalLeben

## Web 2.0 – Leben in und mit sozialen Netzwerken

**Aufgabe**

Beschreibe deinen digitalen Alltag und begründe.

1. In einer digitalen Welt zu leben, bedeutet für mich ...

2. Die größte Chance durch die Digitalisierung ist ...

3. Die Digitalisierung verändert mein Leben durch ...

4. Wir müssen aufpassen, dass ...

5. Notiere spontan 10 Begriffe, die deinen digitalen Alltag beschreiben:

6. Macht dich dein digitales Leben glücklich? Diskutiere mit einem Partner.
7. Gibt es für euch Unterschiede zwischen einem glücklichen digitalen Leben und einem glücklichen realen Leben? Diskutiert im Plenum.

**Tipp**

Im Schülerheft auf Seite 65 findet ihr eine Übersicht der Materialien im Download-bereich. Nutzt diese Materialien auch für eure Debatten.

### Messenger und soziale Netzwerke sind die bei Jugendlichen beliebtesten Dienste auf dem Smartphone

WhatsApp, Instagram, Snapchat stellen die Top 3 der meistgenutzten Apps in der JIM-Studie 2017[1]. Über diese Messenger-Dienste organisieren die Jugendlichen ihr soziales Leben, das sie immer mehr vor neue Herausforderungen stellt. Soziale Netzwerke befriedigen ihre Bedürfnisse:

- nach Kommunikation
- nach Selbstdarstellung
- nach Freiräumen
- auch: nach Grenzüberschreitungen

Seit das Web vor ca. 15 Jahren das Kürzel 2.0 angehängt bekommen hat, hat sich vieles verändert. Im Internet der zweiten Generation ist der Nutzer nicht mehr nur passiver Konsument, sondern kann als sogenannter *Prosument*

1 JIM 2017: Jugend, Information, (Multi-) Media. Basisstudie zum Medienumgang 12- bis 19-Jähriger in Deutschland

aktiv Inhalte beisteuern, indem er postet, twittert, snappt und streamt oder Blogs schreibt, Videos bei YouTube hochlädt, Artikel bei Wikipedia bearbeitet usw. Beim Web 1.0 hingegen wurden die Inhalte noch zentralisiert von großen Medienunternehmen erstellt und über das Internet verbreitet. Der Begriff *Prosument* ist ein Kofferwort und bezeichnet den User im digitalen Raum gleichzeitig als „Konsumenten" und als „Produzenten".

Das Leben in und mit sozialen Netzwerken hat unser (Kommunikations-) Verhalten radikal verändert und stellt uns vor nie dagewesene Herausforderungen. Wie kann man dafür sorgen, dass man im digitalen Raum gut miteinander leben kann? Wie soll ich selbst handeln? Was erwarte ich von anderen für ein Verhalten?

David Bauer: *„Das Internet ist heute ein integraler Bestandteil unseres Alltags, so dass es überhaupt keinen Sinn ergibt, es in irgendeiner Form davon abzukoppeln, als wäre es eine Parallelwelt mit anderen Regeln."*[2]

Seiner Ansicht nach verhalten wir uns nicht völlig anders, wenn wir online sind. *„Wenn ich mich online anders verhalte als offline, dann nur, weil ich mich an mein Umfeld anpasse. Genauso wie ich mich für einen Opernbesuch anders kleide als für einen Fernsehabend zu Hause, [...].*

*Das Internet ist nicht mehr die Spielwiese der Anfangszeit, wo man in eine fremde, virtuelle Haut schlüpfen und sich austoben konnte. Das Internet ist erwachsen geworden – höchste Zeit für seine Nutzer, die digitale Pubertät hinter sich zu lassen."*

**Die JIM-Studie 2017 ist nachzulesen unter:**

https://www.mpfs.de/fileadmin/files/Studien/JIM/2017/JIM_2017.pdf

**„Die Generation Social Media erhält die Chance, neue Praktiken selbst zu gestalten. Ein Beispiel dafür könnte das sein, was man Anstand nennt: Was ist im Umgang mit digitaler Kommunikation anständig, was nicht?"[3] „Menschen suchen nach einem Anstand 2.0, für den es noch keine Regeln und Vorbilder gibt."[4]**

## Digitales Benehmen im Web 2.0 – NEUE Umgangsformen müssen her?!

Im **Knigge 2.0-Rap** von Ben Bohnert von der RAPARTSCHULE heißt es: *„Werte machen dich aus, sag mir, welche sind dir wichtig."* Auf der nächsten Seite ist der Rap vollständig abgedruckt. Lies ihn und beantworte die folgenden Fragen:

**➲ Aufgaben**

1. Welche Themen spricht der Rap an, wenn es um digitales Benehmen geht?

___

___

2. Welche wichtigen Botschaften richtet der Rap an jeden von uns?

___

___

3. Der Rap beinhaltet das Thema Freundschaft bei Facebook. Vergleiche dazu folgendes Zitat von Mark Zuckerberg, Gründer und Chef des sozialen Netzwerks Facebook: *„Facebook hilft, mit Leuten in Kontakt zu bleiben, die wir auch im echten Leben kennen. Mehr nicht. Wer glaubt, dass jeder Facebook-Kontakt ein Freund ist, der weiß nicht, was Freundschaft bedeutet."* Was kritisiert der Rap?

___

___

2 http://www.kurzbefehl.ch/welche-umgangsformen-sind-im-internet-angebracht (aufgerufen am 10.07.2018) (aus David Bauer: *Kurzbefehl. Der Kompass für das digitale Leben.* Echtzeit Verlag, 11. Oktober 2010)

3 Philippe Wampfler: *Generation »Social Media«. Wie digitale Kommunikation Leben, Beziehungen und Lernen Jugendlicher verändert.* Kapitel: *Wie Medien auf den Menschen einwirken.* Vandenhoeck & Ruprecht, Göttingen 2014, S. 75f

4 ebd.

***„Nimm nicht teil an fremdem Spotte“***
*Ey, das musst du wissen: / Diss nicht nur, weil alle dissen, /*
*läster nicht, weil alle lästern, / sei ein Vorbild, hab den Mut, was zu ändern! /*

Strophe:
Sag mir was würdest du fühlen, wenn dir Folgendes passiert:
Du addest jemanden auf Facebook, wartest, dass er reagiert.
Du bist dir sicher, ihr seid Freunde und du ahnst nicht, was geschieht.
Und du erlebst, wie er dich als Freund mit einem Klick ausschließt. /

Was würdest du fühlen, es gibt 'ne Gruppe bei WhatsApp;
deine ganze Klasse ist da drin, doch nur du bist nicht im Chat.
Und kein Einziger reagiert auf deine Frage: „Wieso ich nicht?“
Keiner schaut dir in die Augen, jeder ignoriert dich. /

Was würdest du fühlen, du findest im Netz ein Profil
mit deinem Namen, deinen Daten und vielen Bildern von dir
mit der Betitelung „Ey, das hier ist der Loser der Schule“,
Beliebtheitsskala 0–100, du auf der untersten Stufe. /

Bridge[1] I:
Es ist nicht egal, was du tust, und nicht egal, was du machst,
nicht egal, egal was du klickst, und nicht egal, was du sagst.
Du kannst Herzen zerschmettern, Worte sind scharf wie Wasabi[2],
denn du bist wertvoll und teuer, hab Style, Niveau wie Armani.

Hook:[3]
Du entscheidest, wer du bist im Netz, du hast das Wort.
Gefühle sind im Netz Realität – du hast das Wort.
Verbale Feuerkraft trägst du – denn du hast das Wort.
Netzcourage, Verantwortung, „klick“ – du hast das Wort.

Strophe:
Sag mir, was würdest du fühlen, wenn du mit harter Arbeit
einen Artikel verfasst und ihn fast jeder disliked,
mit bösen Worten zerreißt, ihn als sinnlos beschreibt
und du erkennen musst: Kein Einziger respektiert deinen Fleiß. /

Sag mir, was würdest du fühlen, auf deiner Pinnwand im Netz
steht, du wärst 'ne Bitch, 'ne Schlampe, alles gepostet vom Ex.
Fast tagtäglich schickt er Hasstiraden und beleidigt dich
und alle reden öffentlich und lachen heimlich über dich. /

Sag mir, was würdest du fühlen, deine Daten werden geraubt,
jede kleinste Info von dir an große Firmen verkauft,
du keine Kontrolle mehr hast, was man mit deinem Namen macht,
und deine Identität zerrinnt langsam wie Sand in der Hand. /

Bridge II:
Werte machen dich aus, sag mir, welche sind dir wichtig.
Dein Gewissen lässt erahnen: Was ist falsch, was ist richtig?
Überlege erst und warte, *bevor* du *bereust*, was du tust.
Sei ein Vertreter fürs Gute, bleib immer stolz auf dein Tun! /

**Was denkt ihr: Brauchen wir tatsächlich NEUE Umgangsformen? Diskutiert!**

Im Downloadbereich findet ihr weitere Themen zum Diskutieren und Debattieren:
**Themenpool_Diskutieren.pdf**

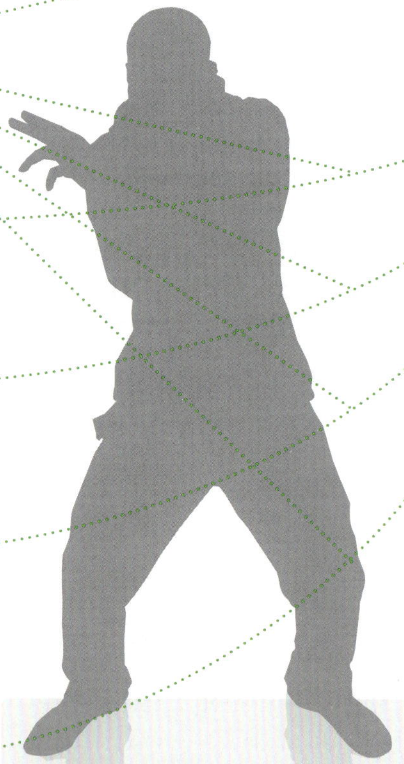

**Rapsong Knigge 2.0**
https://www.klicksafe.de/ueber-klicksafe/safer-internet-day/sid-2015/rap-song-knigge-20/

1 engl. für *Brücke*, charakteristischer, überleitender Formteil des Raps
2 Wasabi: japanischer Meerrettich, wird zu Sushi gerreicht
3 engl. für *Haken*, Synonym für Refrain

**In der digitalen Welt werden manchmal Regeln vergessen, die im Umgang miteinander selbstverständlich sein sollten. Was im Netz als guter Umgang miteinander akzeptiert wird, ist sehr unterschiedlich. Daher gibt es auch keine einheitliche Netiquette-Vorlage. Schlussendlich liegt die Netiquette in der Hand des jeweiligen Verantwortlichen, der die Einhaltung gewisser Umgangsformen kontrolliert und gegebenenfalls sanktioniert.**

# Etikette – Netiquette: „Immer schön höflich bleiben!"[1]

### Etikette

Der Begriff „Etikette" kommt aus dem Französischen und bedeutet nichts anderes als „angeheftetes Zettelchen".[2]
Früher mussten die Adligen am königlichen Hofe Etiketten tragen, auf denen der gesellschaftliche Rang vermerkt war, um sich entsprechend zu begrüßen. Heutzutage verbindet man mit dem Begriff vor allem die Umgangsformen untereinander.

### Netiquette – Spielregeln für das Miteinander im Netz

Der Begriff „Netiquette" steht für die Etikette im Netz und setzt sich zusammen aus dem englischen net für Netz und dem französischen etiquette (Kofferwort). Darunter versteht man das gute oder angemessene und achtende (respektvolle) Benehmen der digitalen Kommunikation.

Mit der Netiquette wurden bereits in den 90er Jahren neue soziale Umgangsformen für die Internetnutzung festgelegt, z. B. dass man E-Mails mit einem passenden Betreff versehen sollte, dass Smileys nur sparsam eingesetzt werden und man niemanden mit Großbuchstaben ANSCHREIEN sollte.

„Vergiss niemals, dass auf der anderen Seite ein Mensch sitzt!", lautete damals die erste und grundlegende Empfehlung der Netiquette.[4]

### Zehn Benimm-Regeln für die virtuelle Welt:[3]

**1 HERUMSCHREIEN geht gar nicht –** Wer Großbuchstaben verwendet, erweckt den Eindruck eines tobenden Rumpelstilzchens! Bleibe lieber ruhig und sachlich.

**2 Achte auf deine Sprache –** In manchen Konversationen weiß vor lauter Rechtschreib- und Grammatikfehlern sowie einer Flut von Satzzeichen keiner mehr, worum es eigentlich geht.

**3 Nimm Rücksicht –** Verschicke keine Bilder oder Videos, die andere in einem schlechten Licht zeigen, und nerve niemanden mit unnötigem Quatsch.

**4 Beleidige niemanden –** Wer im Internet kommuniziert, sollte nie vergessen, dass auf der anderen Seite ebenfalls ein Mensch sitzt, dem man auch persönlich begegnen könnte!

**5 Versuche Doppeldeutigkeiten zu vermeiden –** Im Chat kann man im Regelfall deinen Gesichtsausdruck nicht sehen, Ironie oder Zynismus sind deshalb schwer zu erkennen.

**6 Mobber melden –** Wenn du merkst, dass Nutzer andere gezielt beleidigen, melde sie beim betreffenden Portal. Im schlimmsten Fall kannst du sie auch bei der Polizei anzeigen.

**7 Lass dich nicht provozieren! –** Manche Nutzer zielen mit ihren Kommentaren und Nachrichten gezielt darauf ab, andere zu provozieren. Ignoriere sie: So wird es den Stänkerern schnell langweilig.

**8 Mache anderen keine Vorwürfe –** Wenn jemand mal nicht sofort antwortet, ist das noch lange kein Grund, wütend zu werden. Sicher gibt es viele Gründe, warum jemand nicht sofort antworten kann, obwohl er deine Nachricht gelesen hat.

**9 Gewählt posten –** Veröffentliche nicht zu viele Informationen über dich. Diese machen dich schnell angreifbar und du läufst Gefahr, selbst Opfer von Cybermobbing zu werden!

**10 Handy weg –** Lege dein Smartphone zur Seite, wenn du mit Freunden unterwegs, in einem Gespräch oder gemeinsam beim Essen bist.

---

*„Prinzipiell sollte man sich im Internet so verhalten, wie man es im täglichen Leben erwartet"*, so Thor Alexander, Autor des Netiquette-Ratgebers „Elektronischer Knigge". Bei einer E-Mail dürfe man erwarten, dass sie einen aussagekräftigen Betreff, sowie Anrede und Grußformel enthielt. Außerdem sei es höflich, innerhalb von 24 Stunden zu antworten und den Sender nicht länger als 72 Stunden auf eine Antwort warten zu lassen.

Bei der Verwendung von Smileys und Abkürzungen rät Thor Alexander zu einem sparsamen Umgang. Besser sei es *„die Emotionen in Worten genau auszudrücken."*[5]

Eine E-Mail ist keinesfalls die schnellere Variante eines Briefs, denn eine E-Mail oder ein Eintrag in einem Chat kann blitzschnell überall veröffentlicht werden. Also sollte man das Kommunikationsmittel wählen, dass in der jeweiligen Situation angebracht ist.

1 https://www.handysektor.de/artikel/netiquette-immer-schoen-hoeflich-bleiben/ (aufgerufen am 11.07.2018)
2 https://de.wikipedia.org/wiki/Etikette (aufgerufen am 10.07.2018)
3 https://www.handysektor.de/artikel/netiquette-immer-schoen-hoeflich-bleiben/ (aufgerufen am 11.07.2018)
4 https://de.wikipedia.org/wiki/Netiquette (aufgerufen am 10.07.2018)
5 https://www.rundschau-online.de/smileys-unerwuenscht-11049450

**➲ Aufgaben**

1. Seht euch unterschiedliche Netiquetten im Internet an und vergleicht diese! (Vergesst nicht, die Quellen zu notieren!)
2. Stellt eure eigene Klassen-Top-Ten zusammen:

1 ______________________________

2 ______________________________

3 ______________________________

4 ______________________________

5 ______________________________

6 ______________________________

7 ______________________________

8 ______________________________

9 ______________________________

10 ______________________________

**Welche Benimmregeln sind euch wichtig?**

Stimmt im Knigge-Meter (Top-10-Regeln) ab: https://medien-knigge.de

## Digitales Engagement im Netz

Einerseits eröffnen digitale Medien und Internet neue Wege, sich politisch oder gesellschaftlich einzubringen und seine Meinung zu äußern.

**➲ Aufgabe**

- Nenne Beispiele für digitales Engagement.

Andererseits stellen verbale Entgleisungen, die weiten Verbreitungen von Hassbotschaften und Falschmeldungen die Nutzer vor immer neue Herausforderungen.

**➲ Aufgabe**

Warum werden Hassbotschaften und Falschmeldungen im Netz gezielt verbreitet und die Grenzen dabei so oft überschritten?

- Nenne Gründe.

**Onlinehass kann dazu führen, dass der Hass sich in die Realität verlagert. Wenn Menschen ihre persönlichen Profile dazu nutzen, Hate Speech[1] zu verbreiten, dann liegt es nahe, dass sie auch nicht davor scheuen, dies in ihrem realen Leben zu tun.**

# Hass im Netz – Hate Speech

***„Im Jahr 2015 waren die Fälle von Hasskriminalität im Internet um 176 Prozent angestiegen im Vergleich zum Vorjahr, wie ein vom Kabinett verabschiedeter Bericht zur Lebensqualität in Deutschland ergab.“[2]***

*„Die latente bis offene Aggressivität im Internet (vermehrt auch auf der Straße, in Bahnhöfen, U-Bahnen etc.) ist nicht zu leugnen. Egal, aus welcher Ecke die Attacken kommen. Wohin soll das führen? Kinder und Jugendliche müssen heutzutage den Eindruck bekommen, Respektlosigkeit und Aggression seien vollkommen normale zwischenmenschliche Umgangsformen. Für sie ist es kein Tabubruch mehr. Wer aus dieser Generation noch ein Tabu brechen will (und das wollen Heranwachsende oft), muss derber beleidigen, härter zutreten oder sich weitere Formen der Eskalation einfallen lassen.“[3]*

Der Zukunftsforscher Matthias Horx erklärt in einem Interview: *„Das soziale Internet ist eine Art Amoklandschaft für Emotionen geworden, und das verdirbt und vergiftet inzwischen auch wichtige gesellschaftliche Debatten.“[4]*

Und SZ-Kolumnist Axel Hacke äußerte in einem Interview: *„Es gibt sehr viel schlechte Laune, und vor allem in den sozialen Medien wird es in den Kommentarspalten oft so grob, ja roh, dass man nach zwei Schritten am Rand der Beleidigung ist und darüber hinaus. Man hat das Gegenüber halt nicht vor sich und muss die Reaktion nicht aushalten.“[5]*

Im echten Leben würde es uns ganz schön nerven, wenn jeder zu allem „seinen Senf dazugibt“. In der Online-Welt ist das völlig normal. Kaum ist ein Artikel online, zieht er schon die ersten Kommentare auf sich. Menschen nutzen die sozialen Medien, um menschenverachtende Botschaften zu verbreiten oder auch um Anhänger zu rekrutieren (z. B. Terroristen und Extremisten). Der Umgangston, der in sozialen Netzwerken vorherrscht, basiert viel zu oft keineswegs auf unseren demokratischen Werten. Es wird beleidigt, verhöhnt und gehetzt. Viele meinen, sie dürften alles aussprechen und sich dabei auf § 5 unseres Grundgesetzes beziehen, der besagt, dass jeder das Recht habe „seine Meinung frei zu äußern und zu verbreiten.“ In einer demokratischen Gesellschaft stellt die Meinungsfreiheit ein hohes Gut dar – was bedeutet, dass es auch zu kontroversen und extremen Meinungen kommen darf. Seinen Unmut äußern zu dürfen ist wichtig, um etwaige Missstände anzuprangern und sie zu beheben. Wenn dabei allerding die Grenze zur Rechtswidrigkeit überschritten wird, braucht es klare Antworten des Rechtsstaates und der Gesellschaft.

**„Um die Freiheit und den demokratischen Charakter des Netzes zu erhalten, müssen wir auch dort unseren gemeinsamen Werten Geltung verschaffen. Freiheit braucht demokratische Regeln. Denn auch im Netz dürfen Menschenwürde, der Schutz der Jugend und der Meinungsvielfalt nicht verhandelbar sein.“[6]**

Woher kommt der Hass? Kam er mit dem Aufkommen der sozialen Medien oder war er etwa immer schon da? Das Phänomen „Hate speech“ gab es schon vor dem Internet. Der Hass war immer schon da und Ablehnung von einzelnen Gruppen gab es immer schon. Aber es scheint, dass durch die sozialen Medien Dinge wie Beleidigungen und Bedrohungen erst „salonfähig“ wurden. Mit dem Höhepunkt der Flüchtlingskrise im Herbst 2015 beispielsweise nahmen die Hassbotschaften gegen Asylbewerber Überhand und die Medien sahen sich zum Teil gezwungen, Kommentare zu löschen oder gar ganze Kommentarspalten zu deaktivieren.

## An diesen Merkmalen kannst du Hate Speech im Netz leichter feststellen:[7]

- Inhalt und Ton des Posts sind **aggressiv** und **herabwürdigend**.
- Es werden **Verallgemeinerungen** benutzt, zum Beispiel *„Alle Flüchtlinge sind …“*.
- Fakten werden ausgeblendet und somit **Falschaussagen** verbreitet, die die Realität verzerrt darstellen, zum Beispiel *„Homosexualität ist eine Krankheit, die geheilt werden kann“*.
- **Zwei Gruppen** werden einander **gegenübergestellt**: „Wir“ und „Die“.
- Bestimmte Gruppen werden **entmenschlicht**, zum Beispiel Flüchtlinge als Parasiten.

…

1 engl. für *Hassrede*, Form von digitaler Gewalt, die über Texte, Bilder und Videos verbreitet wird
2 https://www.tagesspiegel.de/politik/hass-kriminalitaet-im-netz-heiko-maas-droht-sozialen-netzwerken-mit-sanktionen/14741742.html
3 D. Andrea Link, faz.net, 13.05.2017
4 https://www.klicksafe.de/ueber-klicksafe/safer-internet-day/sid-2016/presse/safer-internet-day-2016-wir-stehen-vor-einer-digitalen-revision/
5 Axel Hacke, in einem Interview mit fudder, 13.12.2017
http://fudder.de/ein-plaedoyer-fuer-den-anstand-sz-kolumnist-axel-hacke-im-interview--146621041.html
6 Dr. Tobias Schmid, Direktor der Landesanstalt für Medien Nordrhein-Westfalen (LfM)
https://www.klicksafe.de/presse/2018/alles-unter-kontrolle-prominente-unterstuetzung-fuer-klicksafe-am-safer-internet-day/ (aufgerufen am 11.07.2018)
7 https://www.werteleben.online/werte/respekt-toleranz/hass-im-netz-geht-gar-nicht/ (aufgerufen am 11.07.2018)

➲ **Aufgaben**

1. Welche Erfahrungen hast du mit Hass im Netz gesammelt? Gab es Situationen, in denen du schon einmal mit aggressiven Teilnehmern konfrontiert warst? Über welches Thema wurde hierbei diskutiert? Wie hast du dich verhalten?

☐ aus der Diskussion ausgestiegen ☐ zurückgetrollt[8]

☐ meine Überzeugung deutlich zum Ausdruck gebracht ☐ die Opfer verteidigt

2. Sammelt Beispiele für Hasskommentare. Recherchiert dazu in sozialen Netzwerken, Onlinemedien oder Blogs.

3. Inwiefern tragen die sozialen Medien dazu bei, dem Hate Speech eine andere Qualität beizumessen? Ergänze die Satzanfänge mit deinen eigenen Ideen.

*Unser soziales Leben spielt sich heute ...*

*Die Anonymität im Internet ...*

*Täter und Opfer ...*

*Die Folgen für den Täter sind oft ...*

4. Woran erkennt man einen Hassredner (Hater[8])?

5. Wie könnt ihr euch gegen Hater im digitalen Raum behaupten? Nenne mindestens fünf Möglichkeiten!

6. Was macht der Hass mit den Menschen, auf die sich Hass richtet? Nenne drei Folgen.

8 Zur Begriffsklärung Trolle – Hater siehe: https://www.aufstehen-gegen-hass-im-netz.de/das-problem/trolle-und-hater/ (aufgerufen am 14.08.2018)

**Laut der JIM-Studie 2016 sind acht Prozent der 12- bis 19-Jährigen schon einmal selbst Opfer von Cybermobbing geworden und ein Drittel kennt jemanden im unmittelbaren Umfeld, der schon einmal „fertiggemacht" wurde!**

# Cybermobbing – das Internet vergisst nicht!

Was ist Cybermobbing überhaupt? Lies dazu den Bericht zum Thema Mobbing.

*Cybermobbing ist Mobbing mithilfe digitaler Medien, zum Beispiel in Form von:*

### Hört das denn nie mehr auf?

In unserem Downloadbereich findet ihr einen Bericht zum Thema Mobbing aus dem Jugendmagazin FLUTER 2013/46:

**Hoert_nie_auf.doc**

**Aufgaben**

1. Was ist beim Cybermobbing anders im Vergleich zum herkömmlichen Mobbing?

2. Im Zusammenhang mit Cybermobbing tauchen immer wieder folgende Begriffe auf. Was bedeuten sie konkret?

*Happy-Slapping:*

*Bystander:*

3. Inwiefern kommt den Bystandern eine wichtige Schlüsselrolle zu im Falle einer Schlichtung bei einer Mobbing-Intervention?

4. Wie fühlt sich jemand, der Cybermobbing ausgesetzt ist? Nenne Gefühle und mögliche Folgen.

*Gefühle:*

*Folgen:*

Diskutiert: Welche Präventionsmöglichkeiten gibt es gegen Cybermobbing?

*in der Schule:*

*in der Familie:*

*in der Gesellschaft:*

*für jeden Einzelnen:*

➲ **Aufgabe**

**Ein eigenes Gesetz gegen Cybermobbing**

Es ist eine gesellschaftliche Pflicht, die Würde der Menschen zu schützen!
Versucht innerhalb eurer Gruppe ein eigenes Gesetz gegen Cybermobbing zu formulieren. Recherchiert vorab: Gibt es evtl. in anderen Ländern bereits Gesetze dagegen?

**Recht und Gesetz**

Leider gibt es noch kein Gesetz, das speziell Cybermobbing behandelt. Stattdessen greifen die Gesetze des Strafgesetzbuches (StGB). Im Downloadbereich findet ihr einen Überblick der Strafparagraphen.

**Strafparagraphen.doc**

Quelle: jugendarbeit-stegen.de

## Shitstorm

Shitstorm wird eine Extremsituation von Hate Speech genannt. So bezeichnet man es, wenn sich Leute zum Beispiel bei Twitter oder Facebook gleich massenhaft aufregen. So eine Empörungswelle in Foren, Blogs oder anderen Websites kann Einzelpersonen oder Unternehmen treffen.[1]

➲ **Aufgabe**

Ergänze die folgende Mindmap zum Thema Hate Speech und bringe auch die Sonderform des Shitstorm mit ein!

1 fluter. Magazin der Bundeszentrale für politische Bildung, 20.03.2013, Ausgabe 46, 2013, S. 26/27

### Counterspeech

Counterspeech (engl. für *Gegenrede*) ist ein Mittel, Hatern im Netz zu begegnen. Doch dieses Engagement erfordert viel Zeit und Geduld.

➲ **Fragen**

- Was glaubt ihr? Kann man Hassredner mit sachlichen Argumenten umstimmen?
- Was macht ein Counterspeech?

---

### #Ich bin hier – eine Counterspeech-Initiative

Hannes Ley, Kommunikationsberater aus Hamburg, hat 2016 die Facebook-Gruppe *#Ichbinhier* ins Leben gerufen, die zwischenzeitlich mehr als 37.000 Mitglieder hat (Stand: Februar 2018). Seine Mission ist es, gegen die Hater und Hetzer anzutreten, indem er Facebook-Nutzer dazu auffordert, den Hatern mit sachlichen und freundlichen Kommentaren zu begegnen und vor allem inhaltlich zu bleiben. Die Kommentare werden dann gegenseitig geliked mit dem Effekt, sie in den Kommentarspalten nach oben rutschen zu lassen. Jeder Beitrag wird mit dem Hashtag *#Ichbinhier* gekennzeichnet.[1]

**„Wir reden nicht über Counterspeech, über Gegenrede. Wir praktizieren sie. Wir haben das Shitstormprinzip umgedreht.“[2]**

*„Das Internet ist großartig. Es ist Inspiration und Kommunikation, es öffnet den Zugang zu Wissen und Bildung, es fördert die Demokratisierung. Es ist aber auch die größte Kloake der Menschheitsgeschichte, weil es durchtränkt ist von Fake News, Hassbotschaften, schlimmsten Beleidigungen und Bösartigkeit. Doch es gibt Instrumente dagegen: der intelligente Schwarm von #ichbinhier. Normale Leute, die jeden Tag in die Auseinandersetzung gehen; mit Fakten und Argumenten. Eine Wertegemeinschaft, die unserer Gesellschaft einen spürbaren Dienst erweist. Ehrenamtlich. Unbezahlbar. Wichtig.“[3]*

## Für einen respektvollen Umgang im Netz

WERTE LEBEN – ONLINE ist ein Projekt von JUUUPORT e. V. und wird im Rahmen des Bundesprogramms „Demokratie leben! Aktiv gegen Rechtsextremismus, Gewalt und Menschenfeindlichkeit“ durch das Bundesministerium für Familie, Senioren, Frauen und Jugend gefördert.

Ziel des Online-Projektes ist es, Jugendlichen die Werte für ein respektvolles Miteinander im Netz zu vermitteln. Dazu werden sie in medienpädagogischen Workshops zu Scouts ausgebildet, um anschließend anderen Jugendlichen in Online-Vorträgen (Webinaren) den kritischen Umgang mit Hate Speech und (Cyber-)Mobbing näherzubringen. In den sozialen Netzwerken rufen die Scouts darüber hinaus zu mehr Verantwortung für das eigene

*„Hey, ich bin Julia, 19 Jahre alt und seit September 2016 für JUUUPORT e. V. aktiv. Bei WERTE LEBEN – ONLINE möchte ich mit Aktionen mein Zeichen gegen Hass und für mehr Respekt im Netz setzen. Denn Verantwortung sollte man auch im Netz übernehmen.“[4]*

*„Hallo, ich bin Max, 17 Jahre alt und seit August 2017 beim JUUUPORT e. V. dabei. Für WERTE LEBEN – ONLINE können wir kreativ sein und viele eigene Aktionen starten. Mir gefallen auch die Arbeitstreffen und der nette Umgang miteinander.“[5]*

---

1 https://www.sputnik.de/podcasts/interviews/audio-639668.html
2 Hannes Ley, #ichbinhier: Zusammen gegen Fake News und Hass im Netz, 2018
3 Pressestimme Dunja Hayali (TV-Moderatorin) zum Buch „#ichbinhier: Zusammen gegen Fake News und Hass im Netz“ von Hannes Ley https://www.amazon.de/ichbinhier-Zusammen-gegen-Fake-News/dp/3832198970
4 https://www.werteleben.online/ueber/scouts/vorstellung/ (aufgerufen am 14.05.2018)
5 ebd.

*Fortsetzung von Seite 31*

Online-Verhalten auf. In Verbindung mit dem Hashtag *#wertelebenonline* entwickeln sie kreative Social-Media-Aktionen und motivieren andere Jugendliche dazu, sich ebenfalls für mehr Respekt und Mitgefühl im Netz stark zu machen.[6]

*„Wir Scouts sind zwischen 15 und 21 Jahre alt und kommen aus ganz Deutschland. Für WERTE LEBEN – ONLINE sind wir auf Facebook, Instagram & Co. aktiv und setzen unser eigenes Zeichen gegen Hass und für mehr Respekt.“*[7]

## Klicksafe – Der Safer Internet Day (SID)

Dieser Aktionstag wird in über 100 Ländern weltweit veranstaltet, um vor allem Kindern und Jugendlichen einen verantwortungsvollen Umgang im Netz nahezubringen. *Klicksafe* macht sich stark dafür, dass vor allem junge Menschen lernen, souverän und selbstbestimmt mit dem Internet umzugehen.

Anlässlich des SID 2018 startete *klicksafe* gemeinsam mit den Partnern im Safer Internet DE-Verbund eine Thunderclap-Kampagne (thunderclap – engl. für *Donnerschlag*): Internetnutzer waren aufgerufen, mit der Unterstützung der Kampagne über ihre Profile bei facebook, twitter oder tumblr ein Zeichen für einen respektvollen Umgang im Netz zu setzen.

**„Macht mit, setzt euch ein für einen respektvollen Umgang im Netz und zeigt uns, dass ihr zu einem besseren Internet beitragt, in dem Fake News, Hate Speech, Datenklau oder (Cyber)Mobbing keine Chance haben.“**[8]

Quelle: https://www.thunderclap.it/projects/67226-safer-internet-day-2018

**MEHR ERFAHREN:**

https://www.werteleben.online

**Die Lauten verstummen lassen**

Im Downloadbereich findest du den Text „Die Lauten verstummen lassen“ mit Aufgaben dazu:

**Die_Lauten_verstummen.pdf**

6 https://www.klicksafe.de/service/aktuelles/news/detail/werte-leben-online/ (aufgerufen am 26.07.2018)
7 https://www.werteleben.online/ueber/scouts/aufgaben/ (aufgerufen am 26.07.2018)
8 https://www.thunderclap.it/projects/67226-safer-internet-day-2018 (aufgerufen am 26.07.2018)

# Umgangsformen in der Gesellschaft

**„Übrigens, schöne Grüße vom Niveau. Ihr seht euch ja nicht so oft."**

## Spielregeln für das Zusammenleben in unserer Gesellschaft

**Wer die Spielregeln unserer Gesellschaft kennt, wer wirklich Niveau besitzt, muss sich nicht aufwerten, indem er andere abwertet. Er weiß, welche Werte und Normen in unserer Gesellschaft gelten, und hält sich an diese.**

## Doch was sind Werte und Normen?

Als **Werte** können **materielle** und **immaterielle Güter** bezeichnet werden. Ein materieller Wert ist mit Wohlstand verbunden, dazu zählen beispielsweise Geld oder Besitz eines Menschen. Der materielle Wert wird häufig erst durch seine Funktion wertvoll, zum Beispiel kann man mit einem 500-€-Geldschein hochwertige Waren erwerben, der Geldschein an sich hat keinen so hohen materiellen Wert.

Wir betrachten hier die immateriellen Werte: Immaterielle Werte sind Vorstellungen, die innerhalb einer sozialen Gruppe oder einer Gesellschaft anerkannt sind und als erstrebenswert angesehen werden. Sie sind die Basis einer Gesellschaft. Jede Kultur besitzt verschiedene Werte, sie verändern sich mit jeder neuen Generation. Werte geben den Menschen Sicherheit und Orientierung im Leben und im Handeln.

**Normen** sind **konkrete Verhaltensweisen**, zum Beispiel Gebote und Verbote, die von einer Institution bzw. einer Gesellschaft für ihre Mitglieder aufgestellt werden; dazu gehören zum Beispiel das Grundgesetz der Bundesrepublik Deutschland oder die Zehn Gebote im Juden- und Christentum. Normen sichern das soziale Zusammenleben und basieren auf Werten.

**Meine Wertvorstellungen**

- Was ist dir persönlich wichtig, was ist für dich „wertvoll"?
- Welchen Wert haben Dinge, die dir im Leben begegnen?
- Welchen Wert haben andere für dich?
- Was hat dich in deinen Wertvorstellungen fürs Leben geprägt?
- Welche Werte teilst du mit deiner Familie, deinen Freunden, deinen Mitschülern, deinen Sportvereinsmitgliedern usw.?

**➲ Aufgaben**

1. Sammelt Werte innerhalb eurer Klasse.
2. Sortiert anschließend: **individuelle Werte** (persönliche Bedeutung) und **gesellschaftliche Werte**, die eurer Einschätzung nach für die Gesellschaft relevant sind.

| individuelle Werte | gesellschaftliche Werte |
|---|---|
| | |
| | |

3. Was stellt ihr fest?

4. Jede Bezugsgruppe hat unterschiedliche Werte, die sie in den Vordergrund stellt. Sammelt!

5. Wie kommt es dazu, dass Werte sich im Laufe der Zeit verändern?

6. Welche Werte sind zentral in unserer Gesellschaft?

7. Welche Werte sind im schulischen Alltag zentral?

8. Schreibe zu den Stichwörtern konkrete Alltagsbeispiele für Verhaltensweisen:

- im Straßenverkehr:
- bei der Arbeit:
- in der Schule:
- beim Einkaufen:
- beim Arztbesuch:

**Diskutiert über Wertschätzung**

1. Was bedeutet Wertschätzung?
2. Wie kann man Verhalten und Engagement wertschätzen?
3. Wie können sich Menschen gegenseitig wertschätzen?
4. Was ist sogenanntes „Schwarz-Weiß-Denken“? Nenne Beispiele.
5. Erkläre das folgende Zitat mit eigenen Worten.

> ***„Wertschätzung wird erst dann spürbar, wenn Menschen sie tatsächlich leben.“***
>
> *Steffi Becker-Eckstein, in Pädagogik 12/2017*

# Kannste Knigge?[1]

1788 verfasste Adolph Freiherr von Knigge sein Werk „Über den Umgang mit Menschen“. Seine Alltagsbeobachtungen stellen eine Haltung dar, die von Wertschätzung geprägt ist und die auch heute noch Gültigkeit besitzt!

**➲ Aufgabe**

In der untenstehenden Tabelle werden vier Zitate aus Knigges Werk aufgeführt.
Eure Aufgabe ist es zu erklären, was sie in unserer heutigen Zeit für die Netiquette – also die Etikette im Netz – bedeuten.[2]

| Knigge 1788 | Netz-Knigge heute |
|---|---|
| „… setze dich immer in Gedanken in andrer Leute Stelle!“ | |
| „Vermeide Zweideutigkeiten!“ | |
| „Schrecke, zerre, beunruhige und necke niemand!“ | |
| „Trage keine Nachrichten aus einem Hause in das andre!“ | |

**SCHREIBAUFGABE 1 (WETTBEWERBS-)BEITRAG**

**Vorwort zum „Jugendknigge 2.0“**

Ein Jugendbuchverlag möchte den „Knigge“ neu auflegen und schreibt einen Wettbewerb aus: Schreibe ein Vorwort zu dieser Neuauflage, in dem du erläuterst, wie man in der heutigen Zeit miteinander umgehen sollte. Eine Anleitung findest du im SH S. 59–62.

# Kulturelle Unterschiede

**➲ Aufgabe**

In allen Kulturen gibt es unterschiedliche Formen im Umgang der Menschen miteinander. Stellt euch vor, ihr müsstet eine „Orientierungshilfe für das Leben in Deutschland“ für Geflüchtete gestalten. Was würdet ihr Geflüchteten sagen, was in Deutschland die wichtigsten Umgangsformen sind?

- im öffentlichen Leben: ____________________
- im gesellschaftlichen Zusammenleben: ____________________
- Gleichberechtigung: ____________________
- Umweltfreundlichkeit: ____________________
- persönliche Freiheiten: ____________________

1 Titel einer Veranstaltung der Landesanstalt für Kommunikation Baden-Württemberg https://www.lfk.de/fileadmin/media/medienkompetenz_fortbildung/Flyer_KannsteKnigge_A5.pdf
2 Die Idee stammt von https://www.scout-magazin.de/rat-und-service/artikel/knigge-damals-wie-heute.html

Mit dem Sommer 2015 und der großen Flüchtlingswelle hat sich in Deutschland ein starkes Wertebewusstsein innerhalb der Bevölkerung entwickelt.

### „Debatten um Integration sind immer auch ein Spiegel der eigenen Vorstellungen von Gesellschaft“[1]

Viele Menschen haben selbst über Wochen und Monate mit angepackt, anstatt sich ausschließlich auf die Organisationsfähigkeit von Behörden und Kommunen zu verlassen. Eine „Willkommenskultur“ war an vielen Stellen deutlich spürbar. Ehrenamtliche Helfer engagierten sich nicht nur bei der Organisation von Sachspenden, sondern auch bei der Begleitung zu Behörden oder Ärzten, beim Erlernen der deutschen Sprache usw.

In ihrem Buch „Die neuen Deutschen: Ein Land vor seiner Zukunft“ zeichnen der Politikwissenschaftler Herfried Münkler und die Literaturwissenschaftlerin Marina Münkler ein positives Bild unserer Gesellschaft: *„Was die freiwilligen Helfer antreibt, sind zweifellos Mitgefühl, Mitleid und Barmherzigkeit, also nicht abstrakte Werte und Normen, sondern eine Form von Mitmenschlichkeit, die angesichts der vorherrschenden Auffassung, diese Gesellschaft sei von Egoismus und sozialer Kälte geprägt, überrascht.“*[2]

**„Ein Land vor seiner Zukunft“: Wie stellen wir uns eine Gesellschaft vor, wo Menschen unterschiedlicher Sprache, Herkunft und Kultur aufeinandertreffen? Wo sich Werte entwickeln und verändern. Was ist uns wichtig? Wie stellen wir uns das Zusammenleben vor? Als homogene, geschlossene Gemeinschaft? Als offene und vielfältige Gesellschaft? Was macht uns als Land oder als Nation aus? Wer sollen „wir“ sein?**

➲ **Aufgabe**

Die Autoren Herfried und Marina Münkler haben den Eindruck, dass immer mehr Menschen der Ansicht sind, unsere Gesellschaft sei von „Egoismus und sozialer Kälte geprägt“. Wie nehmt ihr das wahr? Fallen euch Beispiele dazu ein?

______________________________________________

______________________________________________

______________________________________________

**„Das Handygefilme ist Teil eines allgemeinen Sittenverfalls (altmodisches Wort, ich weiß), niemanden interessiert, ob das vielleicht jemanden stört, offenbar auch nicht, ob das erlaubt ist oder nicht. Zur Handykultur gehört ja inzwischen auch das Draufhalten bei Unfällen, wo die herumliegenden Verletzten – ja sogar Toten! – schamlos begafft und gefilmt werden.“ (unbekannter User eines Forums)**

## Verrohung unserer Gesellschaft?

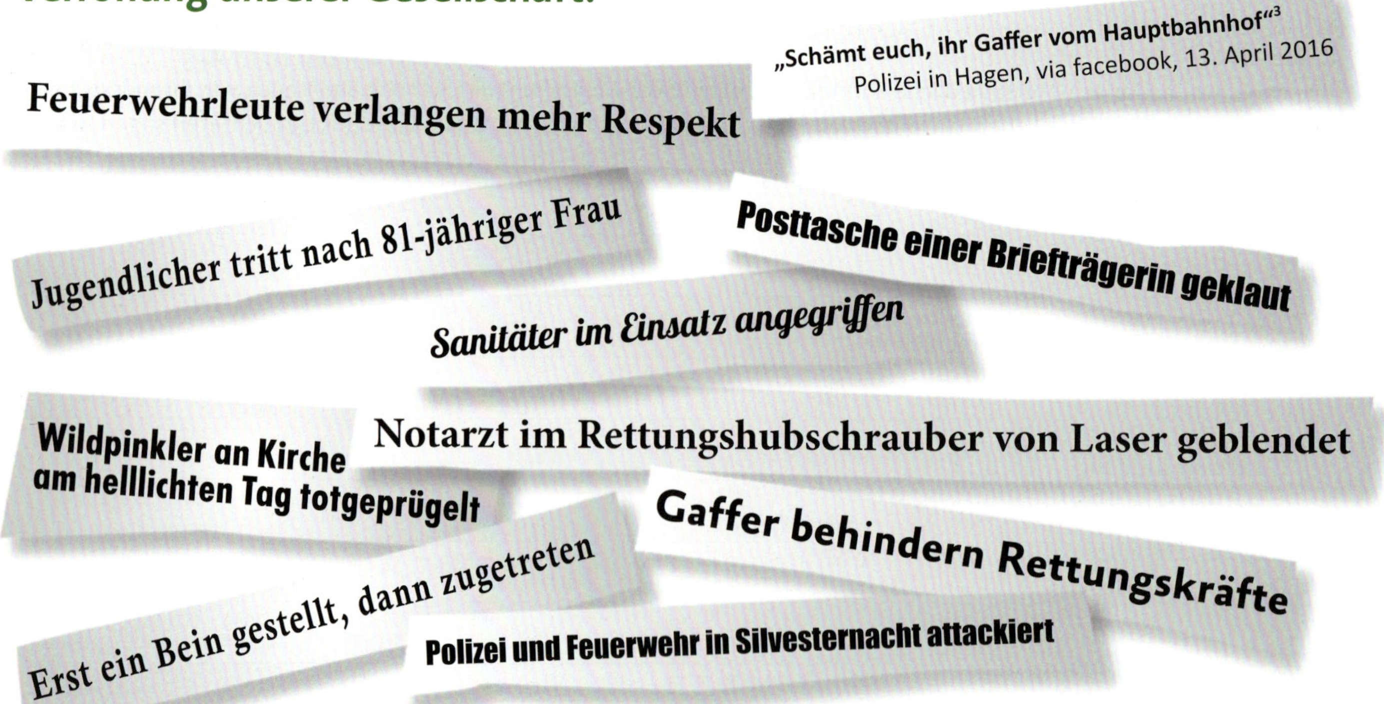


1 Thorsten Schilling. In: fluter - Magazin der Bundeszentrale für politische Bildung, Ausgabe 58, 2016, S. 3
2 Herfried und Marina Münkler: *Die neuen Deutschen. Ein Land vor seiner Zukunft.* 2016, S. 174
3 https://www.facebook.com/Polizei.NRW.HA/posts/535167986655510:0

## Gaffer zücken Smartphone bei Unfällen

Neugier? Schaulust? Nervenkitzel? Nach dem Motto „Exklusiv und live“ – was man früher erst am nächsten Tag erzählen konnte, kann man heute sofort teilen!

**➲ Aufgabe**

- Sammelt eine Woche lang ähnliche Schlagzeilen in Tageszeitungen bzw. online.

**➲ Frage**

- Was glaubt ihr: Warum gibt es dieses Phänomen?

### Auch der Respekt vor Einsatzkräften nimmt ab – ein gesamtgesellschaftlicher Trend

Die Polizei hat entsprechende Maßnahmen eingeleitet, beispielsweise wurden in Baden-Württemberg zusätzliche Polizeistellen angefordert oder die sogenannten „Bodycams“ für Polizisten eingeführt. Bodycams sind Kameras, die die Beamten am Körper tragen und die zu weniger Aggression und Gewalt führen sollen. Hans-Jürgen Kirstein, Landesvorsitzender der Gewerkschaft der Polizei: *„Gewalt gegen Polizei ist auch Gewalt gegen unsere Gesellschaft“.*

Die Bereitschaft von Passanten sich als Augenzeugen zu melden, habe abgenommen. *„Wir brauchen mehr Zivilcourage“,* so Kirstein.

**„Es muss im Sinne der Mitmenschen ein flächendeckender Umdenkprozess zu mehr Respekt in der Bevölkerung angestoßen werden, um die Sicherheit aller Einsatzkräfte und damit auch der Bürger zu gewährleisten.“[1]**

### Wir erleben eine Verrohung unserer Gesellschaft

Der Bürgermeister von Altena, Andreas Hollstein, wurde auf offener Straße mit einem Messer verletzt. Er behauptet, dass die sozialen Medien dafür verantwortlich wären, dass solche Taten passieren, da sie den Nährboden darstellen. *„Viele Menschen in diesem Land, die Dienst für andere tun, müssen so etwas inzwischen regelmäßig erleben, seien es ehrenamtliche Bürgermeister und Berufspolitiker oder Rettungssanitäter und Feuerwehrleute. Sie werden beschimpft und manchmal sogar handgreiflich angegangen. Wir erleben eine Verrohung unserer Gesellschaft.“*[2]

Woran liegt das? Hollsteins Meinung nach sei dies ein „Ausdruck von gewachsener Haltlosigkeit“ in der Gesellschaft. Um dieser entgegenzutreten, müsse dieses Thema überhaupt erst diskutiert werden: *„Das fängt schon bei der Lokalzeitung an: Hässliche Leserbriefe sollten auch mit Klarnamen veröffentlicht werden. Leute, die andere beleidigen, dürfen sich nicht mehr in der Anonymität verstecken können.“*[3]

**Bodycams**

Was glaubt ihr? Diskutiert, ob Bodycams tatsächlich Straftaten verhindern können oder Menschen sich dadurch erst recht beobachtet und provoziert fühlen.

1 Interview Lea Frehse: *Wir leben eine Verrohung unserer Gesellschaft.* Zeit, 29.11.2017 http://www.zeit.de/2017/49/fluechtlingspolitik-andreas-hollstein-messerangriff (aufgerufen am 14.08.2018)

2 ebd.

3 ebd.

**„Je höher die Anonymität in einer Gesellschaft, desto geringer ist die Solidarität."**[1]

***Prof. Karl Grammer*, Verhaltensforscher und Evolutionsbiologe**

# Solidarität[2]

Solidarität bezeichnet vor allem als Grundprinzip des menschlichen Zusammenlebens ein Gefühl von Individuen und Gruppen, zusammenzugehören.

Dies äußert sich in gegenseitiger Hilfe und dem Eintreten füreinander. Solidarität kann sich von einer familiären Kleingruppe bis zu Staaten und Staatsgemeinschaften erstrecken.[3]

**Zum Nachdenken**

- Engagiert ihr euch für eure Familie/Freunde/Mitschüler, für die Gesellschaft?
- Wenn ja – wie? Wenn nein – warum nicht?
- Wie reagiert ihr, wenn ihr mitbekommt, dass jemand ungerecht behandelt wird?
- Ergreift ihr Partei für Menschen, die diskriminiert werden? Würdet ihr mit anderen zusammen Partei ergreifen?

**➲ Fragen**

- Was bedeutet es, Solidarität zu zeigen?

______________________________________________

______________________________________________

- Wie kann man Solidarität zeigen?

______________________________________________

______________________________________________

______________________________________________

- Womit bist du solidarisch?

______________________________________________

______________________________________________

- **Staatliche Solidarität:** Welche Beispiele fallen euch ein, wenn ihr an Situationen denkt, in denen Deutschland sich solidarisch zeigt? Nenne mindestens drei.

______________________________________________

______________________________________________

______________________________________________

- **Private Solidarität:** Wie könnt ihr als Jugendliche Solidarität zeigen?

______________________________________________

______________________________________________

______________________________________________

Menschen verhalten sich unterschiedlich, wenn es um solidarisches Verhalten geht. Meistens hängt dies von der Situation ab, in der sie sich befinden.

Woran liegt das? Professor Karl Grammer, Verhaltensforscher und Evolutionsbiologe, begründet dies mit dem Faktor Anonymität: *„Je höher die Anonymität in einer Gesellschaft, desto geringer ist die Solidarität."*[4]

Er erklärt dies an einem alltäglichen Beispiel, dem Straßenverkehr: *„Weil die meisten sicher sein können, dass der andere sie nicht erkennt und sie ihn auch nicht wieder treffen, nehmen sie keine Rücksicht."*[6] Ein weiterer Grund ist seiner Ansicht nach die Vorhersehbarkeit: *„Wenn ich nicht weiß, wie lange ich mit dem anderen noch zu tun habe, hat das Einfluss auf meinen Solidaritätswillen."*[5]

## Drei Beispiele:

*„Für mich ist das nicht so ein großer Unterschied zu Freundschaft. Aber wenn jemand zum Beispiel im Rollstuhl sitzt und meine Hilfe braucht, dann mache ich das."*[6]

Christian, 17, Strausberg

*„Ich bin solidarisch mit meiner Mutter. Meine Eltern wollen sich gerade trennen und ich soll zu meinem Vater ziehen. Meine Mutter aber ist schon sechzig, hatte ein schweres Leben und deswegen halte ich zu ihr."*[7]

Sandra, 16, Schülerin aus Berlin

*„Wir kümmern uns um die älteren Menschen, die sonst keinen mehr haben. Wir spielen Mensch-ärgere-dich-nicht oder singen zusammen. Das ist für beide Seiten eine tolle Sache. Man fühlt sich gut hinterher, wenn man so etwas gemacht hat."*

Lukas, 14, Schüler aus Freiburg

(Lukas, der zusammen mit Klassenkameraden sein Sozialprojekt nach dem Vorbild einer Hamburger Initiative im Altenheim absolviert, schaut ein Schuljahr lang einmal pro Woche nachmittags im Altenheim vorbei.)

1 Grammer, K: *Warum helfen wir? Der Verhaltensforscher Karl Grammer über Ursprünge und Grenzen der menschlichen Solidarität.* In: fluter – Magazin der Bundeszentrale für politische Bildung, Ausgabe 25, 2007, S. 10
2 abgeleitet vom lateinischen solidus für *gediegen, echt*
3 https://de.wikipedia.org/wiki/Solidarität
4 Grammer, K: *Warum helfen wir? Der Verhaltensforscher Karl Grammer über Ursprünge und Grenzen der menschlichen Solidarität.* In: fluter – Magazin der Bundeszentrale für politische Bildung, Ausgabe 25, 2007, S. 10
5 ebd.
6 *Pack mal mit an. Das Solidaritätsheft.* fluter 25/2017, S. 4
7 ebd.

# Zivilcourage

**Begriffsdefinition:**
ZIVILCOURAGE gehört zu den wichtigsten Tugenden eines Bürgers in einer Demokratie, denn wer Zivilcourage zeigt, setzt sich für demokratische Werte ein. Wer zivilcouragiert handelt, fühlt sich verantwortlich für andere, aber auch für sich selbst und übernimmt aktiv Verantwortung. Zivilcourage betrifft alle Bereiche des menschlichen Zusammenlebens: Familie, Freunde, Schule, Arbeitswelt, Politik, Öffentlichkeit und nicht zuletzt die Medien.

**➲ Aufgaben**

1. Schaut euch das Bild an und sprecht darüber, was ihr unter Zivilcourage versteht.
2. Tauscht euch über Situationen aus, in denen Zivilcourage ein Thema ist, und denkt über eigene Erfahrungen nach: Warum habt ihr in gewissen Situationen eingegriffen? Wann nicht und was hielt euch davon ab?
3. Überlegt in eurer Gruppe jeweils eine kurze und prägnante Spielszene, in der Zivilcourage verlangt wird.

   → diskutiert anschließend darüber, wie ihr euch gefühlt habt und was anders hätte laufen können, wenn ...
4. Sprecht anschließend im Plenum über die Chancen und Schwierigkeiten von Zivilcourage und versucht die folgenden Fragen zu beantworten:
   - Welche Werte, Trends und gesellschaftliche Entwicklung könnt ihr feststellen?

   ___

   ___

   - Welche Werte wären euch wichtig?

   ___

   ___

## Unterschiedliche Situationen zum Thema Zivilcourage:[1]

**➲ Aufgabe**

Diskutiert innerhalb einer Kleingruppe: Wie würde ich mich in solchen Situationen (Situationen 1 bis 6) verhalten?

1. Stell' dir vor, du kommst im Bahnhof auf den Bahnsteig und siehst, wie zwei junge Männer ein Mädchen festhalten und belästigen. Du bist allein auf dem Bahnsteig.
   **Was geht dir durch den Kopf? Was fühlst du? Was machst du?**
2. Dein Freund möchte nicht nur zusehen, sondern etwas gegen Ausländerfeindlichkeit und Rechtsextremismus unternehmen. Er hat sich folgende Handlungsweisen überlegt:
   - einen Leserbrief schreiben
   - an einer Demonstration teilnehmen

   **Wie sinnvoll erscheint dir dies? Was würdest du ihm/ihr raten? Hast du weitere Ideen?**
3. Du wohnst in einem Dorf, in dem ein Wohnheim für Flüchtlinge in einem leerstehenden Gebäude eingerichtet werden soll. Es gibt Bürger, denen das nicht gefällt und die massiv dagegen angehen. Sogar der Bürgermeister wurde schon bedroht.
   **Was sollte der Bürgermeister deines Erachtens tun? Was könntest du dir vorstellen selbst zu tun?**

(Fortsetzung auf der nächsten Seite)

1 aus: *Themenblätter im Unterricht.* Nr. 108: Zivilcourage – Zweite Auflage: September 2017, bpb

4. Ein junger Mann sitzt in der U-Bahn. Neben ihm ist ein Platz frei. Zwei Jugendliche steigen laut redend zu. Einer setzt sich neben ihn. Die beiden beginnen den jungen Mann anzupöbeln. Der Wagen ist halb besetzt. Du bist im selben Wagen und beobachtest die Szene.

**Was geht dir durch den Kopf? Wirst du etwas unternehmen? Warum handelst du bzw. warum nicht?**

5. Wenn es die Situation erfordert, würde ich folgendes in Kauf nehmen, um anderen aus einer Notsituation zu helfen:

- **die Verschmutzung meiner Kleidung**
- **zu spät in die Schule oder zur Arbeitsstelle kommen**
- **eine körperliche Verletzung**
- **einen finanziellen Nachteil**
- **eine Ausbildung/einen Arbeitsplatz aufs Spiel setzen**
- **von Freunden verlassen werden**
- **öffentliche Empörung auf mich ziehen**
- **zu einer Geldstrafe verurteilt werden**

6. Warum haben manche Menschen Angst, sich einzumischen? Was hindert sie daran?

**Was spielt dabei deiner Meinung nach eine besondere Rolle:**

- **Angst vor negativen Konsequenzen**
- **nicht wissen, was zu tun ist**
- **Angst, was die anderen über einen denken**
- **Angst, etwas falsch zu machen**
- **Angst, ausgelacht zu werden**
- **was ganz anderes, nämlich ...**

**Mit Zivilcourage handeln**[1]

Im Downloadbereich:

1. Werte, die Zivilcourage auszeichnen
2. Drei Arten des couragierten Handelns
3. Ein Entscheidungsmodell

**Zivilcourage.doc**

Abdruck mit freundlicher Genehmigung des Instituts für Friedenspädagogik Tübingen e. V.
www.friedenspädagogik.de

**➲ Frage**

Wie würde deiner Meinung nach die Mehrheit der Jugendlichen reagieren, wenn sich vor ihren Augen jemand Fremdes prügelt?

Die Mehrheit der Jugendlichen...

- ☐ mischt sich ein, indem sie die Streitenden auseinanderzubringen versucht
- ☐ mischt sich ein, indem sie die Streitenden auffordert, die Prügelei zu beenden
- ☐ mischt sich ein, indem sie die Polizei alarmiert
- ☐ mischt sich nicht ein, geht weiter
- ☐ mischt sich nicht ein, schaut aber weiter zu
- ☐ mischt sich nicht ein, feuert die Prügelnden an

Überlege, was die Gründe für dieses Verhalten sein könnten!

1 Meyer G, Dovermann U, Frech S, Gugel G: *Was heißt mit Zivilcourage handeln?* bpb, Bonn 2004

**Strafgesetzbuch (StGB)**
**§ 323c Unterlassene Hilfeleistung; Behinderung von hilfeleistenden Personen**

(1) Wer bei Unglücksfällen oder gemeiner Gefahr oder Not nicht Hilfe leistet, obwohl dies erforderlich und ihm den Umständen nach zuzumuten, insbesondere ohne erhebliche eigene Gefahr und ohne Verletzung anderer wichtiger Pflichten möglich ist, wird mit Freiheitsstrafe bis zu einem Jahr oder mit Geldstrafe bestraft.
(2) Ebenso wird bestraft, wer in diesen Situationen eine Person behindert, die einem Dritten Hilfe leistet oder leisten will.

**MEHR ERFAHREN:**

**http://aktion-tu-was.de**
Dort könnt ihr euch auch einen Clip der Polizeilichen Kriminalprävention der Länder und des Bundes zum Thema Zivilcourage anschauen und downloaden.

**Bericht der Bundesregierung zur Lebensqualität in Deutschland**

Solidarität und Hilfsbereitschaft sind Grundpfeiler für den gesellschaftlichen Zusammenhalt – darauf haben viele Menschen im Bürgerdialog hingewiesen.
**Lebensqualitaet.doc**

➲ **Aufgabe**
Finde fünf gute Gründe einzugreifen.

1 ______________________________

2 ______________________________

3 ______________________________

4 ______________________________

5 ______________________________

Fakt ist: Wir sind schon von Gesetzes wegen verpflichtet, bei einer Straftat im Rahmen unserer Möglichkeiten einzugreifen. Jeder von uns trägt Verantwortung dafür, dass das Zusammenleben in unserer Gesellschaft friedlich und zivilisiert verläuft. Deshalb ist auch jeder gefordert, selbst als Zeuge und Helfer aktiv zu werden.[1]

## Alltagshelden

Menschen, die Zivilcourage zeigen, werden oft als „Alltagshelden" bezeichnet.

- Was bedeutet der Begriff für dich? Wer ist für dich ein Alltagsheld? Warum?

______________________________

______________________________

- Kennst du einen Helden?

______________________________

## Pro-Contra-Meinungen

*„Was hat ein Held davon, eingegriffen zu haben, wenn er hinterher sein Leben dafür geopfert hat? Ich würde mich niemals einmischen!"*

*„Was wäre denn, wenn ich selbst angegriffen und belästigt werde? Wünsche ich mir dann auch, dass alle wegschauen und keiner eingreift?"*

- Was spricht für die erste, was für die zweite Meinung?

______________________________

______________________________

- Welcher Meinung würdest du eher zustimmen?

______________________________

1 http://aktion-tu-was.de (aufgerufen am 19.07.2018)

# Der Fall Dominik Brunner[1]

Dominik Brunner wurde am 12. September 2009 als Helfer mit Zivilcourage am S-Bahnhof in München-Solln Opfer eines brutalen Gewaltverbrechens. Er hat nicht weggesehen, sondern geholfen, als andere in Not waren. Im Gedanken an Dominik Brunner und in der gesellschaftlichen Pflicht, Verantwortung zu übernehmen, wurde eine Stiftung gegründet. Die Stiftung möchte ein Zeichen setzen dafür, dass Menschlichkeit und Nächstenliebe als zentrale Werte gestärkt werden, und die Menschen zu Zivilcourage ermutigen.

Darüberhinaus zeichnet die Stiftung Alltagshelden aus, die sich in besonderem Maße für Zivilcourage eingesetzt haben.

Die hier vorgestellten Alltagshelden stehen stellvertretend für viele weitere Menschen mit Zivilcourage.

**Anthony und Finn**

Dutzende Menschen schauten gleichgültig weg, als an einem Sommertag mitten in München mehrere Männer kollabierten und reglos auf dem Boden lagen. Nur Finn (rechts im Bild) und Anthony nicht, zwei Schüler, die zufällig vorbeikamen, den Ernst der Lage erkannten und einen Notruf absetzten. Damit retteten die beiden Jungen mindestens einem Menschen das Leben und bekamen dafür von der Münchner Polizei ein dickes Lob: Finn und Anthony seien Vorbilder!

**Markus Knobloch und Nicholas Martin**

Für ihren außerordentlichen Mut und ihre Zivilcourage wurden Nicholas Martin und Markus Knobloch nicht nur von der Polizeiinspektion Starnberg und der Kriminalpolizeiinspektion Fürstenfeldbruck geehrt, sondern erhielten aus der Hand von Bundesinnenminister Thomas de Maizière am 8. Oktober 2014 auch den „XY-Preis" (ZDF-Sendung: „Aktenzeichen XY", mit dem Menschen geehrt werden, die sich in besonderer Weise gegen Kriminalität und für Opfer einsetzen).

**Paulina Hoppe**

Ganz allein hat sich die Schülerin Paulina Hoppe mit vier üblen Schlägern angelegt und mit ihrem Körper das am Boden liegende Opfer vor den Schlägen und Tritten der Angreifer geschützt. Das Opfer ist wieder wohlauf und sagt: „Paulina hat mein Leben gerettet."

**MEHR ERFAHREN:**

**www.dominik-brunner-stiftung.de/Vorbilder**
Dort findet ihr weitere Berichte über Vorbilder für Zivilcourage.

**Aufgaben**

1. Je mehr Personen anwesend sind, desto mehr geht die individuelle Wahrscheinlichkeit zu helfen zurück.
   - Nimm dazu in vier bis fünf Sätzen Stellung!

   - Wie könnte diesem Phänomen in einer konkreten Situation entgegengewirkt werden?

1 Mit freundlicher Genehmigung der Dominik-Brunner-Stiftung: http://dominik-brunner-stiftung.de

**2. „Helfen statt gaffen“ – einen Flyer gestalten**

Entwerft in eurer Gruppe einen Flyer zum Thema „Helfen statt gaffen“.
Zunächst musst du dir über die Größe deines Flyers klar werden.

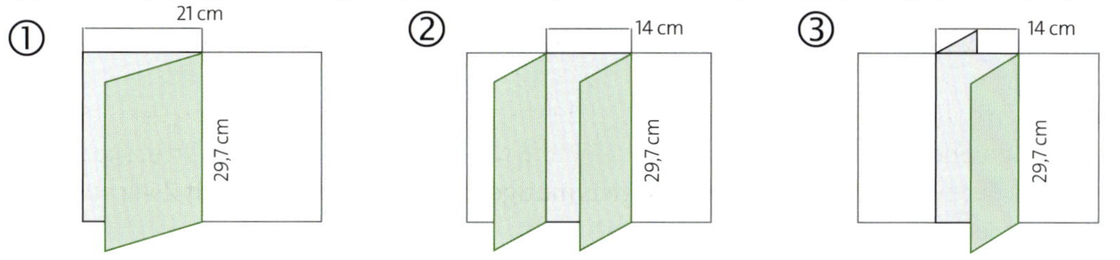


① Faltblätter/Folder DIN A3 auf DIN A4 – ② Faltblätter/Folder DIN A3 auf DIN lang – ③ Faltblätter/Folder DIN A3 auf DIN lang

- Legt zunächst eine Stoffsammlung in Form einer Mindmap an.
- Sammelt Ideen und Argumente.
- Verwendet aussagekräftige Fotos und/oder Karikaturen.

3. Erkundigt euch nach Zivilcourage-Projekten in eurer Heimatstadt!

4. Zivilcourage = Netzcourage! Denn „Online-Gewalt ist reale Gewalt“!
Nimm dazu Stellung!

## Nähe/Distanz – Kultur der Grenzachtung

Die drei Affen von Nikkō, Jakub Hałun/Wikimedia, lizensiert unter CC BY-SA 4.0

**➲ Aufgaben**

**Rollenspiel/Casting**

Ihr bekommt eine Rolle zugeteilt, die ihr der Klasse vorspielen sollt.
Während des „Castings“ beurteilt die Klasse, wer von euch die Rolle am überzeugendsten gespielt hat.

- Wie habt ihr euch in der Rolle gefühlt?
- Habt ihr selber schon ähnliche Situationen erlebt?
- Welche Möglichkeiten, sich zu „wehren“, fallen euch ein?

Leider gehören Grenzverletzungen zum Alltag vieler Jugendlichen. Die Palette reicht von „harmlosen" Übergriffen, wie zum Beispiel anzüglichen Bemerkungen oder Sprüchen, über unangenehme Berührungen bis zu Vergewaltigung und passieren überall: in der Schule, zu Hause, auf der Party oder im Netz.

Für viele Jugendliche und auch Erwachsene ist es inzwischen zur Normalität geworden, dass Bilder und Videos aus dem privaten Lebensbereich in sozialen Medien veröffentlicht werden. Leider gehen die individuellen Einschätzungen, ob ein Bild als angemessen oder aufdringlich gilt, weit auseinander.

**➲ Aufgabe**

Diskutiert in Kleingruppen:

- Was ist euch bei der Selbstdarstellung wichtig?
- Wo seht ihr Schwierigkeiten? Wo seht ihr Grenzen?
- Unterscheidet sich eure Selbstdarstellung in der Online-Welt im Vergleich zur Offline-Welt?

***„Mit einem analogen Blick und einer realen Umarmung kann man eben immer noch viel mehr sagen als mit 100.000 likes."[1]***

*Matthias Horx, Zukunftsforscher*

**➲ Aufgabe**

Diskutiert dieses Zitat!

Quelle: www.medien-knigge.de

**Vergleiche dazu das non-mediale Freizeitverhalten Jugendlicher!**

Nachzulesen in der JIM-Studie 2017 auf Seite 12: https://www.mpfs.de/fileadmin/files/Studien/JIM/2017/JIM_2017.pdf

**➲ Aufgabe**

Schreibe drei Dinge auf, die in deinem Leben wichtig, aber nicht als App erhältlich sind, und begründe! Tauscht euch anschließend innerhalb einer Kleingruppe aus und einigt euch auf drei Dinge.

| Meine #keineApp-Top-3 | Unsere #keineAppTop-3 |
|---|---|
| | |
| | |
| | |

*„Social Media liefern Fragmente und Abbilder. Die Berührung, der Blick, die Stimme, sie fehlen alle. Die Begegnung der Social-Media-Freunde ist eine Verbindung der Fragmente, eine Ent-täuschung: Es gibt zwar gemeinsame Erinnerungen, eine Menge an Interaktionen, eine Vertrautheit, vielleicht auch Vertrauen. Aber Vertrauen bringt man Personen entgegen, nicht einzelnen Nachrichten. Erst die Begegnung zeigt, ob der anderen Person wirklich vertraut wird, erst die Augen, der Händedruck, der Kuss des anderen schaffen eine Person, der Bilder, Texte und Videos zugeordnet werden können."[2]*

1 https://www.klicksafe.de/ueber-klicksafe/safer-internet-day/sid-2016/presse/safer-internet-day-2016-wir-stehen-vor-einer-digitalen-revision/

2 Philippe Wampfler: *Generation „Social Media": Wie digitale Kommunikation Leben, Beziehungen und Lernen Jugendlicher verändert.* Vandenhoeck & Ruprecht, Göttingen 2014, S. 101f

# Umgangsformen in der Schule, im Beruf und in der Familie

## Umgangsformen in der Schule – Spielregeln des sozialen Miteinanders

**SCHREIBAUFGABE 2**
**LESERBRIEF**

Schreibe einen Leserbrief an die Zeitung, in dem du dich auf den Leserbrief der Leserin beziehst. Formuliere vorab drei Argumente, die deine Position stützen.
Eine Anleitung findest du im SH S. 59–62.

**Einen Leserbrief verfassen**

Der Anlass für diesen Brief ist ein Besuch des städtischen Theaters, das ich am vergangenen Samstag mit meinem Ehegatten besucht habe. Ich bin empört und fassungslos über das Verhalten einiger Jugendlicher, die – offensichtlich zusammen mit ihrer Lehrerin – ebenfalls anwesend waren.

Noch bevor die Vorführung überhaupt angefangen hatte, fielen die Schüler bereits durch lautes Schreien und Schubsen auf, so dass ich mich regelrecht geschämt habe. Während der Vorführung wurde am Handy gespielt und Kaugummi gekaut.

Als ich mir erlaubte, um Ruhe zu bitten, erntete ich nur freche Kommentare und Augenverdrehen von Seiten der Lehrerin – ein Verhalten, mit dem man älteren Menschen nicht gegenübertreten darf!

Ich bin selbst pensionierte Lehrerin, aber so etwas wäre bei mir vor 40 Jahren nicht passiert! Damals genossen die Kinder noch eine gute Kinderstube mit Anstand und Manieren. Diese Verrohung der heutigen Jugend macht mir Sorgen. Bringen denn die Lehrer in den Schulen den Kindern überhaupt keine Umgangsformen mehr bei? *Angelika Z., 79102 Freiburg*

**➲ Aufgaben**

**Das macht unsere Schule aus**

1. In eurer Klasse gibt es bestimmt auch viele Verhaltensweisen, die euch stören. Denkt darüber nach, was eurer Meinung nach die Lebens- und Lernqualität in eurer *Klasse* ausmacht.
2. Was macht eurer Meinung nach die Lebens- und Lernqualität an eurer *Schule* aus?
   Sammelt eure Gedanken in Form einer Mindmap oder startet eine Umfrage. Ihr könnt dazu auch eure Lehrer und Eltern befragen und die Ergebnisse hinterher auf eure Homepage stellen.
3. Was glaubst du, worunter viele Schulen leiden, was den Umgang untereinander angeht?
   Nenne mindestens zehn Dinge.

4. Gibt es an eurer Schule spezielle Umgangsformen? Wie werden diese gelehrt und vorgelebt? Und wie werden diese umgesetzt?
5. Etikette für unsere Schule
   Verfasst innerhalb eurer Gruppe eine Etikette für eure Schule (Etikette heißt nicht gleich Schulordnung!).
   Präsentiert euch anschließend eure Ergebnisse.

**Generation Jogginghose?**

In unserem Downloadbereich findet ihr ein Arbeitsblatt zum Thema: Kleiderordnung im Klassenzimmer?/Internationaler Tag der Jogginghose:

**Generation_Jogginghose.doc**

## Wie lernt man Umgangsformen in der Schule?

***„Neben den Eltern wird die Rolle der Schule immer wichtiger. Sie muss den Kindern und Jugendlichen vermitteln, was geht und was nicht. Denn sonst kommt es auf lange Sicht zu einer Verrohung der Sitten. Und das macht das Miteinander in einer Gesellschaft fast unmöglich. Umgangsformen sind ein wichtiges Kulturgut, das wir nicht verlieren dürfen."[1]***

*Klaus Hurrelmann, Soziologe*

- Was sind die wichtigsten Voraussetzungen für ein gutes Schulklima?

- Welche Regeln im Umgang miteinander sind wichtig, dass sich alle (Schüler, Lehrer, Eltern, Personal) an einer Schule wohlfühlen?

**➲ Aufgabe**

**Regelungen für Klassen-Chats/WhatsApp-Gruppen**

Deine Klasse hat eine WhatsApp-Gruppe, die immer wieder Probleme bereitet und nun im Klassenrat thematisiert werden soll.

1. Sammelt zunächst, welche Probleme es in WhatsApp-Klassen-Gruppen geben kann.

1 https://www.bild.de/news/2010/gespraech-prof-klaus-hurrelmann-14189688.bild.html (aufgerufen am 26.07.2018)

2. Formuliert zehn Regeln für den Umgang mit WhatsApp-Gruppen.

1 ______

2 ______

3 ______

4 ______

5 ______

6 ______

7 ______

8 ______

9 ______

10 ______

**Fragen**

- Wie kann man ein Schulklima schaffen, bei dem Mobbing erst gar nicht entstehen kann?

______

______

______

- Sucht euch aus den untenstehenden Begriffen jeweils zu zweit einen Begriff aus, macht euch Gedanken und präsentiert ihn der Klasse im Hinblick auf die Frage, was konkret zu einem besseren Schulklima beigetragen werden kann.

| | | |
|---|---|---|
| **Coaching** | **Kommunikationstraining** | **Schüler-Streit-Schlichtung** |
| **Deeskalationstraining** | **Konfliktsprechstunden** | **Schulparlament** |
| **Fair-Play-Erziehung** | **Erlebnispädagogik** | **Zivilcourage-Training** |
| **Feedback** | **Anti-Mobbing-Kampagnen** | **Pausenhelfer** |
| **Klassenrat** | **Bus-Begleitung** | **Medienscouts** |
| **Gesprächsregeln** | **Anti-Aggressivitäts-Training** | **Interkulturelle Bildung** |

**SCHREIBAUFGABE 3**
- **LEITFADEN**
- **E-MAIL**
- **BERICHT FÜR DIE HOMEPAGE**

**Tipp**
Diese Schreibaufgabe kann arbeitsteilig bearbeitet werden! Eine Anleitung findest du im SH S. 59–62.

**Eure SMV sammelt Ideen, wie man eine Kultur der Wertschätzung in eurer Schule spürbar/erfahrbar machen könnte.**

1. Erstelle einen LEITFADEN für Schüler, in dem diese zu wertschätzendem Verhalten gegenüber Mitschülern und Lehrern angehalten werden.
2. Verfasse eine E-MAIL an außerschulische Partner, um diese mit einzubeziehen, und überlege dir vorab, wie du sie einbeziehen möchtest.
3. Schreibe hinterher einen BERICHT FÜR DIE HOMEPAGE über die geplanten Vorhaben.

## Kreative Aufgaben zur Vertiefung

**Plant eine eigene Aktion/Kampagne zum Thema Zivilcourage**
Dazu gibt es fünf verschiedene Möglichkeiten. Arbeitet in Dreier-/Vierer-Gruppen, so dass möglichst jede der fünf Aufgaben einmal (oder auch zweimal) vergeben ist. Ihr habt 45 Minuten Zeit. Danach stellt ihr euch eure Ergebnisse gegenseitig vor.

1. zweiseitiger Infoflyer (gefaltetes DIN-A4-Papier)
2. Präsentation: drei Folien PowerPoint-Präsentation (Rechner, PowerPoint)
3. Reaktions-Meme (Meme-Generator, Tablet, Smartphone oder PC, siehe auch http://www.digitalwiki.de/memes/)
4. ein Poster (DIN-A3-Plakat)
5. 30 Sekunden Smartphone-Video

**Tipp**
Überlegt euch einen guten Titel für eure Kampagne! Gibt es vielleicht eine Möglichkeit, dass ihr eure Kampagne den anderen Schülern der Schule zugänglich machen könnt?

## Zum Diskutieren und Argumentieren

**Unterrichtsfach für Benehmen?**
Ob es ein Unterrichtsfach für Benehmen und Höflichkeit geben soll – wie es teils in der öffentlichen Diskussion gefordert wird – ist umstritten.

Was spricht für, was gegen diese Forderung?

| **Pro Benimmunterricht** | **Contra Benimmunterricht** |
| --- | --- |

**SCHREIBAUFGABE 4**
**BERICHT FÜR DIE HOMEPAGE**

Verfasse einen Beitrag für eure Homepage, in dem du dich für oder gegen die Einführung dieses Faches aussprichst. Eine Anleitung findest du im SH S. 59–62.

**Benimm-Unterricht an unserer Schule?**

Brauchen wir einen Benimm-Unterricht an unseren Schulen? In einigen Schulen wird dieses Fach bereits unterrichtet und kommt bei Lehrern, Eltern und sogar Schülern ziemlich gut an. Oder ist dieser zusätzliche Unterricht eine weitere Belastung für die Schüler? Sollte außerdem ein höfliches und angemessenes Verhalten ohnehin durch das Elternhaus vermittelt werden?

***„Netzwerke sind Zeitfresser, die uns immer tiefer in die Höhle des Sozialen ziehen.“***[1]

*Geert Lovink, Medientheoretiker und Netzkritiker*

**Sollten sich Schulen an sozialen Netzwerken beteiligen?**
Was spricht für, was gegen diese Forderung?

| Pro | Contra |
| --- | --- |
| | |
| | |
| | |
| | |
| | |
| | |
| | |
| | |

**Netzwerke sind Zeitfresser, die uns immer tiefer in die Höhle des Sozialen ziehen**

In unserem Downloadbereich findet ihr ein Interview von Oliver Gehrs mit Geert Lovink und dazu Aufgaben.

**Zeitfresser.doc**

1 Interview von Oliver Gehrs mit Geert Lovink: *Eine Suchmaschine ist doch das Langweiligste der Welt.* In: fluter, Heft Nr. 46, 2013 https://www.fluter.de/eine-suchmaschine-ist-doch-das-langweiligste-der-welt

# Umgangsformen im Beruf – zukunftsfähige Werte

➲ **Frage**

Was gehört zu den Basics guter Umgangsformen im Beruf?

**Eine kritische Sicht auf die Dinge**

„Fakt ist: Rund die Hälfte aller Schulabgänger ist heute nicht in der Lage, die Anforderungen des Berufslebens zu erfüllen. Ihnen fehlen nicht nur Grundkenntnisse in Mathe und Deutsch, sondern Arbeitshaltung, Sinn für Pünktlichkeit, Erkennen von Strukturen und Abläufen sowie eine angemessene Frustrationstoleranz.

Nach Michael Winterhoff „[...] fehlt [es] ihnen an Empathie, an Einsicht in die Notwendigkeit von Regeln und – viel dramatischer – an der Fähigkeit Beziehungen einzugehen."[1]

***Zur Person:*** **Michael Winterhoff, geb. 1955, arbeitet als Kinder- und Jugendpsychiater und Autor.**

➲ **Frage**

Was wirft Winterhoff den jugendlichen Berufsanfängern vor? Wie seht ihr diesen Vorwurf?

➲ **Aufgabe**

Vergleiche die beiden Statements, die fast im selben Jahr verfasst wurden. Was fällt auf? Wie erklärst du dir diese unterschiedliche Wahrnehmung bzw. Sichtweise der beiden Generationen?

**Die andere Sicht auf die Dinge**

„Wir nehmen uns die Freiheit, erst einmal ganz genau herauszufinden, was wir eigentlich werden wollen. Wie und wofür wir arbeiten wollen. Und das überlegen wir nicht nebenher, während wir für das Abitur lernen, sondern ganz entspannt danach. Während des einjährigen Work-and-Travel in Australien oder eines Freiwilligen Sozialen Jahres. Sofort eine Ausbildung, ein Studium anfangen? Nein, erst einmal raus in die Welt, Erfahrungen sammeln." [...]

„Für uns ist die digitalisierte Welt schon immer selbstverständlich gewesen. Alles, was wir je wissen wollten, war immer nur wenige Mausklicks entfernt. [...] Unsere Freunde sind für uns immer erreichbar. Haben wir etwas mitzuteilen, haben wir immer unser Publikum. [...] Das prägt die Art, wie wir Aufgaben bewältigen, wie wir uns informieren, in neue Themen einarbeiten, wo wir arbeiten, wann wir arbeiten, wie wir zusammenarbeiten, von wem wir uns etwas sagen lassen." [...]

„Wir sind leistungsbereit. In hohem Maße sogar. Aber nur, wenn für uns die Rahmenbedingungen stimmen."[2], so Philipp Riederle.

***Zur Person:*** **Philipp Riederle, geb. 1994, arbeitet als Autor und Unternehmensberater.**

Das Web 2.0 hat offensichtlich dazu geführt, dass es innerhalb der Generationen eine völlig andere Wahrnehmung gibt, was Philipp Niederle auch mit seinem Zitat verdeutlicht:

*„Vier Generationen stehen zeitgleich im Arbeitsleben. Jede mit speziellem Hintergrund, Werten, Erfahrungsschatz und mit der eigenen Herangehensweise an Aufgaben. Keine ist besser oder schlechter als die andere. Wir wollen im Grunde ja alle dasselbe: einen guten Job machen, der zu uns passt, der uns Freude bereitet, für den wir geschätzt werden."*[3]

Keine Frage: Die Digitalisierung hat auch die Arbeitswelt verändert. Viele Berufsbilder unterliegen einem Wandel, der ganz neue Anforderungen mit sich bringt. Außerdem hat die Digitalisierung gar viele neue Berufsmöglichkeiten hervorgebracht.

1 Michael Winterhoff: *SOS-Kinderseele. Was die emotionale und soziale Entwicklung unserer Kinder gefährdet – und was wir dagegen tun können.* C. Bertelsmann, 1. Auflage 2013, Vorwort im Einband

2 http://www.philippriederle.de/blog/ 2014 bzw. https://www.philippriederle.de/blog/2014/12/gastbeitrag-diewelt/ (aufgerufen am 27.08.2018)

3 http://www.philippriederle.de/blog/ (aufgerufen am 27.08.2018)

Arbeit stellt in unserer Gesellschaft eine der wichtigsten Grundvoraussetzungen für ein selbstbestimmtes Leben dar. Die sozialen Netzwerke helfen den Jugendlichen dabei: Sie können sich mithilfe der sozialen Netzwerke informieren, mit potentiellen Arbeitgebern austauschen und vernetzen.

Die fehlenden Werte, die Winterhoff in seinem Zitat kritisiert, sind letztendlich die sogenannten **SOFT SKILLS**, an denen man nicht vorbeikommt, wenn man sich mit dem Thema BEWERBUNG beschäftigt, während die **HARD SKILLS** („Muss-Qualifikationen“) vorausgesetzt werden.

**Zum Nachdenken**
Winterhoff und Riederle treffen aufeinander. Wie könnte ein (Streit-) Gespräch zwischen den beiden ablaufen?

### ➲ Aufgaben

1. Sammelt **HARD SKILLS**:

2. Erkläre den Satz: „Hinter den **SOFT SKILLS** verbirgt sich das eigentliche Potenzial eines Bewerbers!“

3. Legt innerhalb eurer Klasse eine Top 10 der eurer Meinung nach wichtigsten Soft Skills an.

### ➲ Diskutiert

- Lassen sich Soft Skills lernen?
- Wenn ja, was kann die Schule/die Schulgemeinschaft konkret dazu beitragen?
- Welche Soft Skills müssen Jugendlichen im Wesentlichen vermittelt werden, um sie fit für den Arbeitsmarkt zu machen?

## Sag einfach „Du“?!

Im Sinne der Gleichberechtigung und zu Zeiten der Emanzipation wird auch in einigen namhaften Großunternehmen inzwischen nicht mehr zwischen „Du“ und „Sie“ unterschieden. Dies bringt Vor- und Nachteile mit sich. Ergänze die Tabelle mit eigenen Beispielen!

| Sag einfach „Du“?! – Vorteile | Man „siezt“ sich! – Vorteile |
|---|---|
| | |
| | |
| | |
| | |

Begründe folgende Thesen zum Thema „Duzen-Siezen“ mit deinen Argumenten.
Formuliere diese mit eigenen Worten in ganzen Sätzen!
Stelle anschließend eine eigene These auf.

| These | Begründung |
| --- | --- |
| *Das „Du“ sagt etwas über Nähe und Freundschaft aus.* | |
| *Ein „Sie“ erfordert eine andere Sprache: Wir drücken uns anders aus, wenn wir jemanden siezen.* | |
| | |
| | |

**➲ Diskutiert**

- Ist es sinnvoll – im Sinne eines respektvollen Umgangs – ab der 11. Klasse zu siezen?
- Das „Hamburger Sie“ ist eine Kombination aus Vornamen und „Sie“. Was haltet ihr davon?
- In der englischen Sprache gibt es keine Unterscheidung zwischen „Du“ und „Sie“. Stellt euch vor, in Deutschland wäre geplant, diese Unterscheidung aufzuheben und in Zukunft nur noch das „Du“ zu verwenden. Fändet ihr es gut, wenn auch in der deutschen Sprache auf das „Sie“ verzichtet und nur noch das „Du“ verwendet würde, oder fändet ihr das nicht gut?

## Die Unterscheidung zwischen „Du“ und „Sie“ ist den Deutschen wichtig: Keine Mehrheit für die Abschaffung des „Sie“, nicht einmal in der jungen Bevölkerung

Frage: *In der englischen Sprache gibt es keine Unterscheidung zwischen „Du“ und „Sie“. Nun ist vorgeschlagen worden, auch in Deutschland diese Unterscheidung aufzuheben und in Zukunft nur noch das „Du“ zu verwenden. Fänden Sie es gut, wenn auch in der deutschen Sprache auf das „Sie“ verzichtet wird und nur das „Du“ verwendet würde, oder fänden Sie das nicht gut?*

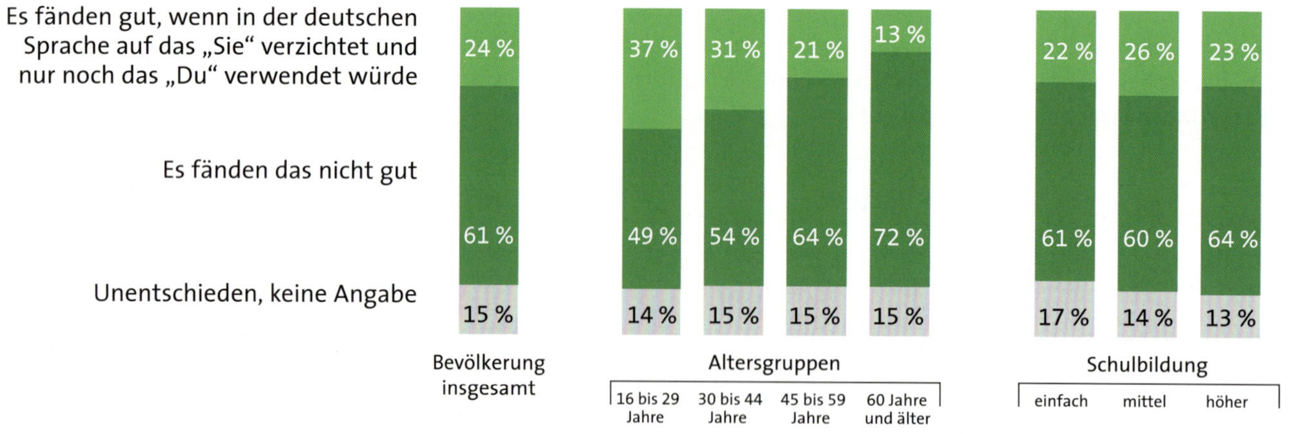


Basis: Bundesrepublik Deutschland, Bevölkerung ab 16 Jahre
Quelle: Allensbacher Archiv, IfD-Umfrage 10079
https://www.ifd-allensbach.de/uploads/tx_studies/Jacobs_Manieren.pdf

© IfD-Allensbach

# Umgangsformen in der Familie – „gute Kinderstube“

***„Was Hänschen nicht lernt, lernt Hans nimmermehr.“***

*Sprichwort*

**Aufgaben**

1. Erkläre das bekannte Sprichwort!

2. Was bedeutet der alte Ausdruck „gute Kinderstube“ im Hinblick auf Umgangsformen?

3. Was hat sich deiner Meinung nach konkret verändert im Vergleich zu früher?

***Mutter zu ihrer 5-jährigen Tochter: „Jetzt benimm dich gefälligst anständig!“***
***Tochter: „Was ist ‚anständig‘ “?!***

4. Was versteht ihr unter „anständig“? Sammelt in einem Brainstorming und notiert euch mögliche Begriffe.

5. Inwiefern trägt die Familie generell zur Ausbildung von Umgangsformen bei? Nenne Beispiele aus deinem Familienalltag.

6. Welche Umgangsformen innerhalb der Familie sind deiner Ansicht nach ein Muss?

7. Ergänze die folgenden Stichworte mit deinen eigenen Gedanken zur Rolle der Familie bei der Ausbildung von Umgangsformen:

- Zuwendung: ______

______

- Vorbildfunktion: ______

______

- Disziplin: ______

______

- Regeln: ______

______

8. Umgangsformen in der Familie: Was ist wichtig, was ist eher „spießig“?

***Wenn Freunde der Eltern zu Besuch sind, sollte man jedem die Hand geben, oder reicht es, den Raum mit einem knappen „Hi“ zu betreten?***
***Ist es in Ordnung, den Ellenbogen während des Essens auf dem Tisch abzustützen?***

- Sammelt weitere Beispiele aus eurem Alltag und vergleicht diese!

______

______

______

______

______

9. Umgangsformen lernen beim Abendessen?

Zygmunt Bauman, polnisch-britischer Soziologe (gest. 2017), weist darauf hin, dass die Zahl der Familien, die sich regelmäßig zum Abendessen treffen, in den letzten 30 Jahren um 60 Prozent zurückgegangen ist.[1]

- Inwiefern könnte diese Tatsache ein Problem darstellen für die Ausbildung von Umgangsformen innerhalb der Familie?

______

______

______

**Zygmunt Baumann:**
**Appell für mehr Selbstreflexion**

In unserem Downloadbereich findet ihr diesen Bericht mit Fragen.
**Selbstreflexion.de**

1 https://danielehniss.de/2015/05/08/zygmunt-bauman-auf-der-republica-2015/

10. Die Familie erweist sich als nachhaltig sehr prägend für die Entwicklung des Wertebewusstseins von Kindern und Jugendlichen – das ist auch heute so, unter Berücksichtigung, dass sich die Familienstrukturen in den vergangenen Jahrzehnten immer mehr verändert haben und das traditionelle Familienmodell durch neue Formen des Zusammenlebens ergänzt wurde.

- Wie unterscheiden sich Umgangsformen und Verhaltensweisen innerhalb der Familie? Fülle die Tabelle mit deinen eigenen Gedanken und Ideen aus.

| Im Umgang mit … | Regeln und Rituale | Manieren | Respekt | Sprache/Ausdruck/Ton |
|---|---|---|---|---|
| **Eltern** | | | | |
| **Geschwistern** | | | | |
| **Großeltern** | | | | |
| **Patchwork-Eltern** | | | | |
| **Patchwork-Geschwistern** | | | | |
| **zwei unterschiedlichen Kulturen innerhalb einer Familie** | | | | |

# Umgangsformen im Jahre 2040

## Ein Blick in die Zukunft

Viele sind ja der Meinung, dass es heute im Vergleich zu früher deutlich weniger Verhaltensregeln für den Umgang miteinander gibt. Seht ihr das auch so? Und wie sieht es eurer Meinung nach in der Zukunft aus?

➲ **Aufgaben**

- Kreuze in der Tabelle an, ob sich Umgangsregeln im Laufe der Jahre verändert haben. Notiere dir Stichworte dazu, wo du gerne noch etwas festhalten möchtest.
- Fallen dir noch eigene Beispiele ein? Ergänze!
- Vergleicht hinterher eure Einschätzungen!

### Das macht man nicht oder das ist nicht (mehr) notwendig?[1]

Kreuze an, wenn du der Meinung bist, dass es sich um schlechte Umgangsformen handelt.
Trage einen Strich ein, wenn dir diese Umgangsform zukünftig nicht (mehr) notwendig erscheint.

| Umgangsformen | Früher | Heute | Zukunft |
|---|---|---|---|
| 1. Wenn junge Leute im Bus nicht aufstehen, wenn ein älterer Fahrgast keinen Platz findet. | | | |
| 2. Wenn man jemanden besucht, ohne sich vorher anzumelden. | | | |
| 3. Wenn Leute in der U-Bahn oder auf der Straße sehr laut Musik hören. | | | |
| 4. Wenn sich Leute vordrängeln, um als Erste bedient zu werden. | | | |
| 5. Wenn Leute in der Bahn oder im Bus nicht aufrücken, so dass andere nur schlecht einsteigen können. | | | |
| 6. Wenn der Mann bei einem gemeinsamen Abendessen die Frau bezahlen lässt. | | | |
| 7. Wenn Leute irgendwo eingeladen sind und keine Blumen, nicht einmal eine kleine Aufmerksamkeit mitbringen. | | | |

1 Auflistung der Umgangsformen vgl. Jacobs Krönung, Trendcheck „Manieren" – Ergebnisse einer bevölkerungsrepräsentativen Befragung im Herbst 2011, Institut für Demoskopie Allensbach, 2011.

| | | | |
|---|---|---|---|
| 8. Wenn sich Autofahrer einen Vogel zeigen. | | | |
| 9. Wenn junge Leute älteren Menschen nicht zuerst „Guten Tag" sagen. | | | |
| 10. Wenn kleine Kinder in einem Restaurant laut sind, ohne dass die Eltern ihre Kinder ermahnen. | | | |
| 11. Wenn man zu kaum Bekannten gleich „Du" sagt. | | | |
| 12. Wenn man Bücher, die man sich geliehen hat, nicht sorgfältig genug behandelt. | | | |
| 13. Wenn ein Mann eine Frau nicht zuerst durch die Tür lässt. | | | |
| 14. Wenn jemand während einer Unterhaltung ständig Kaugummi kaut. | | | |
| 15. Wenn sich jemand Geld geliehen hat und es eine ganze Weile lang nicht zurückgibt. | | | |
| 16. Wenn jemand mit vollem Mund redet. | | | |
| 17. Wenn man in sozialen Netzwerken wie Facebook/ Instagram Vorgesetzte, Lehrer usw. als Freunde einlädt. | | | |
| 18. Wenn man Termine nicht absagt, nicht Bescheid gibt, dass man nicht kann. | | | |
| 19. Wenn man laut in der Öffentlichkeit mit dem Handy telefoniert. | | | |
| 20. Wenn man das Handy im Restaurant nicht ausschaltet oder auf lautlos stellt. | | | |
| 21. Wenn jemand während eines Gesprächs, einer Besprechung oder eines Essens ständig auf sein Handy schaut. | | | |
| 22. Wenn Leute über eine rote Ampel gehen, wenn Kinder in der Nähe sind. | | | |
| 23. Wenn man unpünktlich ist, zu spät zu Terminen oder Verabredungen kommt. | | | |
| 24. Wenn Leute während eines Gesprächs die Sonnenbrille nicht abnehmen. | | | |
| 25. Wenn Freunde zum Geburtstag nicht persönlich gratulieren, sondern lediglich eine Nachricht per WhatsApp oder über Facebook/Instagram schicken. | | | |

| | | | |
|---|---|---|---|
| 26. Wenn man Fotos von anderen ins Internet stellt oder weitergibt, ohne dass diese einverstanden sind. | | | |
| 27. | | | |
| 28. | | | |
| 29. | | | |
| 30. | | | |
| 31. | | | |

- Seht ihr das eher positiv und/oder negativ, dass es deutlich weniger Regeln für den Umgang miteinander gibt als früher? Belege mit Beispielen aus der Tabelle oben.

+

–

Laut der Studie „Trendcheck Manieren" haben tatsächlich 61 Prozent der Deutschen den Eindruck, dass es im Vergleich zu früher weniger Regeln für Umgangsformen gibt.

- Warum, glaubst du, haben so viele den Eindruck, dass gutes Benehmen immer seltener wird?

**Trendcheck Manieren**
Repräsentative Umfrage des Instituts für Demoskopie Allensbach im Auftrag von Jacobs Krönung: http://www.ifd-allensbach.de/uploads/tx_studies/Jacobs_Manieren.pdf)

# Schreibaufgaben genau untersuchen!

**Untersuche jede gestellte Schreibaufgabe sorgfältig, um Gefordertes zu erkennen und Anhaltspunkte für deinen Text und dessen Gliederung und Inhalte zu erhalten. Diese Vorarbeiten sind erforderlich, um deinen Beitrag zu strukturieren!**

## Analyse der Aufgabenstellung bei Schreibaufgaben

### Welche Themengebiete sollen abgedeckt werden?

**Beispiel:** ***Eine Rede verfassen zum Thema Zivilcourage***
(Übergreifende Schreibaufgabe im SH S. 64)

Respektlosigkeit, verbale und körperliche Gewalt sind Probleme des Zusammenlebens im Schulalltag und in der Freizeit. Aus diesem Grund plant deine Gemeinde eine Aktion zum Thema „Eingreifen statt Zuschauen!", an der sich Schulen, Vereine und Kirchen beteiligen sollen.

Als Schülersprecher vertrittst du in einer ersten Planungssitzung zu dieser Aktion die Schülerinnen und Schüler deiner Schule. Stelle dar, wie du den Umgang miteinander in Gemeinde und Schule erlebst im Hinblick auf Zivilcourage. Zeige auch, welchen Handlungsbedarf du siehst und was deine Schule zur Aktion beitragen kann.

**1**

**Analyse der Aufgabe**

Markiert Schlüsselbegriffe, die in der Aufgabenstellung vorkommen und die für die Bearbeitung entscheidend sind!

**2**

**Eine Stoffsammlung anlegen**

Nachdem ihr die Aufgabenstellung analysiert habt, legt ihr eine Stoffsammlung an in Form einer Mindmap oder einer Tabelle. Notiert euch Stichworte zu einzelnen Oberbegriffen.

**3**

**Textsorte und Situation**

Schreibaufgaben sind meistens in Situationen eingebunden. Häufig gestellt werden Schreibaufgaben in Form

- einer Rede
- eines ausführlichen Redebeitrags
- eines Vortrags
- eines Zeitungsartikels
- eines Blogs
- als Beitrag für eine Informationsbroschüre
- als Kommentar auf eine Meinung (z. B. in Form einer ausführlichen E-Mail)

Ein VORTRAG ist ausführlicher als eine Rede. Er stellt ein Thema umfassender vor. Daher musst du anfangs eine Übersicht geben/zeigen. Diese ist dann deine Gliederung. Da ein Vortrag in der Regel Wissen und Informationen vermittelt, enthält er häufig auch unterstützendes Material, wie Bilder, Statistiken, Zitate oder kurze Filmsequenzen.

Ein KOMMENTAR erfordert deine Bewertung zu einer vorgegeben Haltung/einem Text, dieser muss überlegt und sachlich sein und auf die Vorgaben Bezug nehmen.

## 4

### An wen richtet sich mein Text?

Ein Text ist adressatenorientiert. Er muss bestimmte Leser/Hörer ansprechen, diese Gruppen *erreichen, in Kenntnis setzen, überzeugen*.

Mögliche Gruppen sind:

- Mitschüler
- Jugendliche
- Eltern
- Lehrer
- Schulversammlung
- Gemeinderat

Oft sind deine Adressaten Jugendliche, diese erwarten, dass vor allem auch auf *ihre Erfahrungen und Lebenssituation* eingegangen wird. Bei einem Elternabend beispielsweise sind Lehrer und Eltern die Adressaten; im Gemeinderat dessen gewählte Mitglieder, die für ihre Gemeinde Anregungen und Ideen erwarten.

Eine Rede richtet sich an ein Publikum, das immer wieder auch *direkt* und *persönlich* angesprochen werden sollte!

## 5

### Eine Gliederung anfertigen

***Beispiel: Eine Rede verfassen zum Thema Zivilcourage***

- Begrüßung der Zuhörer, Vorstellung des eigenen Namens, Nennung des Themas
- einleitende Worte: eventuell unter Einbeziehung eines aktuellen Ereignisses
- Persönliches/Historisches
- Ist-Zustand an der Schule/ in der Gemeinde
- Soll-Zustand an der Schule/ in der Gemeinde
- konkrete Vorschläge
- Wunsch/Bitte um Mithilfe, Mitarbeit
- Fazit/Verabschiedung: Appell

# Argumente aufbauen

### Schreibaufgaben sind inhaltlich argumentativ.

Der Begriff Argumentieren stammt vom lateinischen Begriff *„argumentum“*. Dieser bedeutet eigentlich *Veranschaulichung, Darstellung,* im übertragenen Sinn aber auch *Beweismittel, Beweisgrund.*

**Beim Argumentierungen geht es darum,**

**a) eine Behauptung aufzustellen und zu belegen**

1. Eine These (Behauptung) aufstellen,
2. eine sachliche Begründung dazu schreiben,
3. allgemeine Belege dazu finden (Statistiken, Tatsachen, Aussagen von Fachleuten, allgemein Bekanntes usw.),
4. konkretes Beispiel heranziehen.

**b) oder eine Forderung zu erheben und zu belegen.**

1. Einen konkreten Fall schildern (Fallbeispiel)
2. allgemeine Belege dazu heranziehen
3. eine sachliche Begründung schreiben
4. daraus eine Forderung (einen Wunsch etc.) ableiten

Eine Argumentation will mehr als nur eine Behauptung beweisen oder einen Sachverhalt klären. Sie will auch bei anderen etwas bewegen, deren Zustimmung erhalten oder einen Widerspruch formulieren. Durch das Argumentieren werden Gedanken mit anderen weiterentwickelt.

## Gestalte daher deine Argumente aus, belege und veranschauliche sie!

Oft passiert es leider, dass Argumente nur aufgezählt oder angedeutet werden.

- Überprüfe daher deine Thesen/Argumente und deren Gestaltung immer wieder auf Vollständigkeit.
- Markiere mit verschiedenfarbigen Markern deren Vollständigkeit und Anschaulichkeit.

**Beispiel:** ***Sollten sich Schulen an sozialen Netzwerken beteiligen?***

| Behauptung | Begründung | Belege | Konkrete Beispiele |
|---|---|---|---|
| *Eine Beteiligung unserer Schule an sozialen Netzwerken ist längst überfällig.* | *Die Tatsache, dass viele Jugendliche täglich mehrere Stunden in sozialen Netzwerken verbringen und diese eine immer wichtigere Rolle in unserem Leben spielen, sollte als Chance begriffen werden – gerade für Schulen.* | *Eine solche Schulplattform steigert die Motivation aller an der Schule Beteiligten: Schüler, Lehrer und Eltern.*<br><br>*Die Kommunikation zwischen Schülern und Lehrern bzw. Eltern und Lehrern würde vereinfacht werden und es gäbe die Möglichkeit für Klassen, Kurse oder AGs nutzerspezifische Gruppen einzurichten, um einen Austausch von Diskussionen oder einen Download von Materialien zu ermöglichen.* | *An unserer Schule hat die SMV bereits seit einigen Jahren einen Facebook-Auftritt, der auf großen Zuspruch stößt.* |

## Deine Absicht als Autor muss erkennbar werden.

Die gestellten Themen fordern immer dazu auf, sich zu informieren und eine *persönliche Position zu entwickeln*. Ursachen und Fehlentwicklungen sollen genannt werden, Lösungen vorgeschlagen und zu etwas motiviert werden. Die Materialien aus deinem Kompendium bieten dazu Anregungen und Informationen. Deshalb ist es richtig, wichtige Zitate und Fakten als Belege einzusetzen. Dein Text darf aber nicht aus einer „Aneinanderreihung von Zitaten und Quellen" bestehen! Er muss zeigen, dass du dich mit dem Thema beschäftigt und welche Überlegungen und eigene Ideen du dazu entwickelt hast.

## Wichtig ist, aus den Materialien heraus Überlegungen zu entwickeln.

Eine Karikatur oder ein Zitat, zum Beispiel:

**„Sein Handy wegzulegen und dem Menschen, mit dem man sich gerade unterhält, die volle Aufmerksamkeit zu schenken, dafür gibt es keine App. DAS NENNT MAN RESPEKT!"**

(Visual Statements, SH 4)

kann dazu einen Anstoß geben. Aber wie sollen junge Menschen sich benehmen, wenn sie keine Vorbilder haben? Denken wir nur an …

Du gehst auf Umfragen ein, legst diese deinem Aufsatz bei, stellst wichtige Aussagen dar – aber was ist dein „Autorenpart"? Du folgerst aus deinen zitierten Umfragen, ziehst Schlüsse und stellst eigene Überlegungen an:

*In unserer Gesellschaft wird immer wieder über das Thema Anstand diskutiert. Viele fürchten gar eine „Verrohung" der Gesellschaft. Ich halte es für wichtig, dass darüber und über daraus resultierende Ängste offen gesprochen wird.*

*Wir haben uns in unserer Klasse auch über unseren Umgang miteinander unterhalten; einige meinten, dass es Aufgabe der Schule sei, den Jugendlichen gutes Benehmen beizubringen… Wir glauben dennoch, dass wir in Zukunft… indem wir mitmachen und mitbestimmen im Schulleben.*

*Außerdem zeigen viele Meinungen, dass die Gesellschaft noch viel mehr tun muss… damit wir respektvoller miteinander umgehen.*

*Ich sehe auch große Chancen, vor allem wenn ich an das Engagement unserer Schule im Hinblick auf …. denke.*

## Eine Schreibaufgabe enthält meistens Hinweise auf geforderte Inhalte

*„Vertiefen Sie auch die Frage …“,*
*„… gehen Sie auf die folgenden Themenaspekte* ein …“,
*„unter Berücksichtigung folgender Aspekte“*

- Diese werden dann aufgeführt und helfen dir als Vorgaben für deine Gliederung.

*„in dem Sie für … motivieren wollen.“,*
*„… um möglichst viele Schülerinnen und Schüler zu motivieren …“*
*„für mehr gesellschaftliches Engagement zu werben“,*
*„plädieren für soziale Aspekte bei…“*

- Du sollst begründete Vorschläge an Möglichkeiten für deine Adressaten darstellen, dafür werben, zeigen, weshalb diese wichtig, von Vorteil sind.

*„Entwicklungen kritisch darstellen“*

- Bewerten ist gefordert: Aufzeigen von ungünstigen Entwicklungen, auf Probleme hinweisen, etwas in Frage stellen.

### … und fast immer auch auf sogenannte „Operatoren“, das sind Wörter, die dir anzeigen, was und wie du schreiben sollst:

| | |
|---|---|
| **nenne, zähle auf** | Sachverhalte, Ursachen und Folgen nur aufführen (nicht bewerten!) |
| **beschreiben, stelle dar** | einen Sachverhalt, einen Zusammenhang strukturiert, sachlich und fachlich beschreiben; Möglichkeiten aufzeigen |
| **zeigen Sie die Ursachen** | nur die Ursachen benennen, nicht bewerten |
| **kommentieren** | einen Sachverhalt kritisch erläutern und bewerten |
| **überprüfe, kritisch auseinandersetzen** | das Für und Wider gegenüberstellen |
| **(kritisch) beleuchten, erörtern** | Zu einer vorgegebenen Problemstellung durch Abwägen von Für- und Wider-Argumenten ein begründetes Urteil fällen. |
| **nur eingeschränkt zustimmen** | eine angesprochene Haltung/Entwicklung kritisieren, zeigen, worin du anderer Meinung bist |
| **plädieren** | zu etwas auffordern, Vorschläge unterbreiten, für diese werben |

# Einbeziehung des Kompendiums

Die Informationsmaterialien aus eurem Kompendium dienen euch als zusätzliche Anregung für euren Text. Materialien aus dem Kompendium, die mit einbezogen werden können, sind eigene Internettexte, Zeitungsberichte, Zeitschriftenbeiträge, Interviews, Schaubilder, Karikaturen, Gedichte, Schlagzeilen usw. Sie helfen euch, einen Einleitungs- oder Schlussgedanken, Argumente, Begründungen oder Beispiele zu finden.

Neben den Informationen aus den Materialien müsst ihr natürlich auch eigenen Ideen zum Thema einbringen bzw. auch einen kritischen Umgang mit den Informationen zeigen: Ergänzt daher die Informationen aus den Materialien mit euren eigenen Ideen!

Kurze Textausschnitte dürft ihr wörtlich zitieren. Bei längeren Zitaten solltet ihr stattdessen die Aussage des Textes in eigenen Worten wiedergeben unter Angabe des verwendeten Materials.

Wenn ihr das erste Mal Bezug auf einen der Texte nehmt, wird dieser zitiert und dessen arabische Zahl angegeben:

Zum Beispiel ***„(Zitat)"; Quelle 1: „(Überschrift des Textes)" in: „Umgangsformen – nur Relikte aus früheren Zeiten?", Schülerheft. Verlag Krapp & Gutknecht, 2018, S. XX.***

**Tipp 1**

Sucht zu jeder Schreibaufgabe in eurem Kompendium geeignete Materialien. Diese prüft ihr auf ihre Aussagekraft und Eignung: Bestätigen, ergänzen oder widerlegen die Informationen eure Aussagen? Wählt ca. 5–6 geeignete aus und nummeriert sie (mit römischen Zahlen I, II, III, IV, ...).

In der folgenden Tabelle sind Beispiele aus diesem Heft für geeignete Materialien, die als konkrete Beispiele bei Schreibaufgaben hinzugezogen werden können.

| Thema | Seite/-n | Titel | Art des Materials | besonders geeignet für... |
|---|---|---|---|---|
| | | **Wichtige Fakten** | | |
| **Umgangsformen im Netz/Mobbing** | SH 29 | *„Hört das denn nie mehr auf?"* | Text | Beispiele für Cybermobbing |
| **Umgangsformen in der Gesellschaft** | SH 42 | *Der Fall Dominik Brunner* | Erfahrungsberichte Jugendlicher | Beispiele für Zivilcourage/ Alltagshelden |

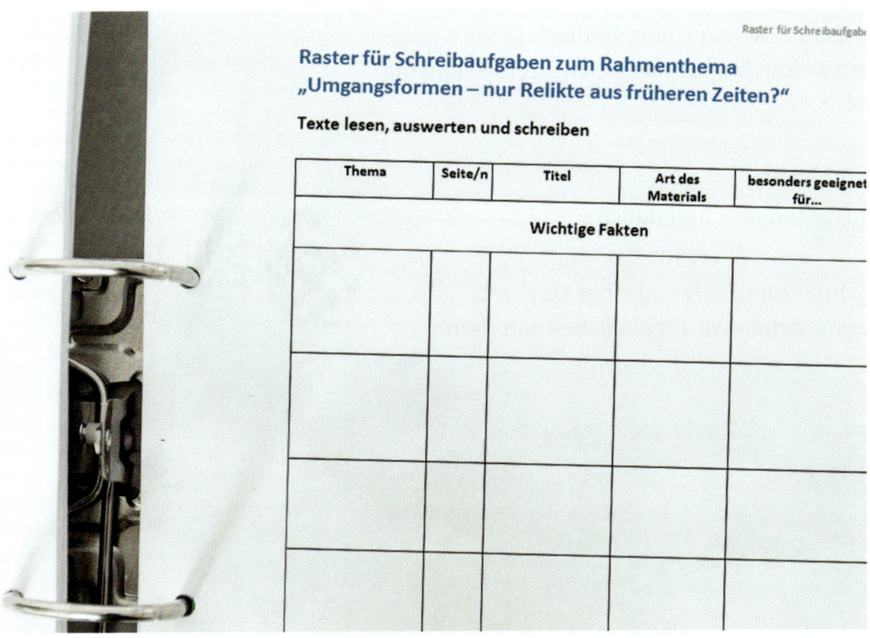


**Tipp 2**

Diese Tabelle steht euch als Download/Kopiervorlage zur Verfügung!
Damit könnt ihr für eure Schreibaufgaben euer eigenes Raster anlegen, um einen Überblick über eure verwendeten Materialien zu bekommen.

**Raster_Schreibaufgabe.doc**

# Übergreifende Schreibaufgaben

**Schreibaufgabe 5**

***Eine Rede verfassen zum Thema „Zivilcourage"***

Respektlosigkeit, verbale und körperliche Gewalt sind Probleme des Zusammenlebens im Schulalltag und in der Freizeit. Aus diesem Grund plant deine Gemeinde eine Aktion zum Thema „Eingreifen statt Zuschauen!", an der sich Schulen, Vereine und Kirchen beteiligen sollen.

Als Schülersprecher vertrittst du in einer ersten Planungssitzung zu dieser Aktion die Schülerinnen und Schüler deiner Schule. Stelle dar, wie du den Umgang miteinander in Gemeinde und Schule erlebst im Hinblick auf Zivilcourage. Zeige auch, welchen Handlungsbedarf du siehst und was deine Schule zur Aktion beitragen kann.

**→ Schreibe diese Rede.**

**Schreibaufgabe 6**

***Einen Blog verfassen zum Thema „Verantwortungsvolles Verhalten im Netz"***

Der Safer Internet Day (SID) wurde von der Europäischen Union initiiert. Er wird jedes Jahr am zweiten Tag der zweiten Woche des zweiten Monats als weltweiter Aktionstag für mehr Sicherheit im Internet veranstaltet.

Der Safer Internet Day 2018 steht unter dem Motto:

**Wie souverän und selbstbestimmt gehen insbesondere Jugendliche mit dem Internet um?**

Gestalte einen Beitrag für den Blog eurer Schule zum „Safer Internet Day" mit dem Thema: „So souverän und selbstbestimmt gehen wir Jugendlichen mit dem Internet um".

SID 18
SAFER INTERNET DAY

**→ Schreibe diesen Blogbeitrag.**